16	3	2	13
5	10	11	8
9	6	7	12
4	15	14	1

Coleção LESTE

Vladímir Maiakóvski

O PERCEVEJO
Comédia fantástica em nove cenas

Tradução
Luís Antonio Martinez Corrêa

Cotejo com o original russo e posfácio
Boris Schnaiderman

editora∎34

EDITORA 34

Editora 34 Ltda.
Rua Hungria, 592 Jardim Europa CEP 01455-000
São Paulo - SP Brasil Tel/Fax (11) 3811-6777 www.editora34.com.br

Copyright © Editora 34 Ltda., 2009
Tradução © Luís Antonio Martinez Corrêa, 1980
Posfácio © Boris Schnaiderman, 2009

A FOTOCÓPIA DE QUALQUER FOLHA DESTE LIVRO É ILEGAL E CONFIGURA UMA APROPRIAÇÃO INDEVIDA DOS DIREITOS INTELECTUAIS E PATRIMONIAIS DO AUTOR.

A Editora 34 agradece a Maria Helena Martinez Corrêa, Maria Thais Lima Santos e Boris Schnaiderman pela cessão do material iconográfico utilizado nesta edição.

Imagem da capa:
Aleksandr Ródtchenko, detalhe de estudo para capa da revista LEF, *nº 3, 1923*

Capa, projeto gráfico e editoração eletrônica:
Bracher & Malta Produção Gráfica

Revisão:
Alberto Martins, Fabrício Corsaletti, Mell Brites

1ª Edição - 2009 (3ª Reimpressão - 2022)

CIP - Brasil. Catalogação-na-Fonte
(Sindicato Nacional dos Editores de Livros, RJ, Brasil)

Maiakóvski, Vladímir, 1893-1930
M724p   O percevejo / Vladímir Maiakóvski; tradução de Luís Antonio Martinez Corrêa; cotejo com o original russo e posfácio de Boris Schnaiderman — São Paulo: Editora 34, 2009 (1ª Edição).
112 p. (Coleção Leste)

ISBN 978-85-7326-423-4

Tradução de: Klop

1. Literatura russa. 2. Teatro russo.
I. Corrêa, Luís Antonio Martinez, 1950-1987.
II. Schnaiderman, Boris. III. Título. IV. Série.

CDD - 891.72

O PERCEVEJO

Nota à presente edição	7
Personagens	9
Cena 1	11
Cena 2	22
Cena 3	33
Cena 4	40
Cena 5	43
Cena 6	50
Cena 7	57
Cena 8	63
Cena 9	67
Sobre O percevejo, Vladímir Maiakóvski	78
Um texto decisivo, Boris Schnaiderman	85
Cronologia de Maiakóvski	103

Nota à presente edição

Encenar *O percevejo*, de Vladímir Maiakóvski, foi um projeto longamente acalentado pelo diretor e dramaturgo Luís Antonio Martinez Corrêa. Com base em traduções da peça para diversas línguas, ele redigiu uma primeira versão do texto, retrabalhando-o em seguida com Boris Schnaiderman no cotejo com o original russo. A partir dessa tradução, Luís Antonio, em conjunto com uma equipe de colaboradores, criou o roteiro para o espetáculo que foi finalmente levado aos palcos brasileiros em 1981.

Este volume reproduz não o roteiro encenado, mas a tradução do original de Maiakóvski realizada por Luís Antonio e retrabalhada com Boris Schnaiderman. O trabalho editorial para a presente edição incluiu novos cotejos com o texto original e a inserção de pequenos trechos ausentes na versão anterior.

Personagens

PRISSÍPKIN (Pierre Skrípkin), ex-operário, ex-membro do Partido, atualmente noivo
ZOIA BIERIÓZKINA, operária
ELZEVIRA Davídovna Renaissance, manicure e caixa de um instituto de beleza, noiva de Prissípkin
ROSÁLIA PÁVLOVNA Renaissance, sua mãe, cabeleireira
David Ossípovitch Renaissance, seu pai, CABELEIREIRO
Oleg BAIAN, autodidata, ex-proprietário
Um MILICIANO
Um PROFESSOR
Um DIRETOR do Zoológico
Um CAPITÃO dos bombeiros
Os BOMBEIROS
TESTEMUNHAS do casamento
Um REPÓRTER
Os OPERÁRIOS do auditório
O PRESIDENTE do Soviete da cidade
Um ORADOR
Os ESTUDANTES
Um MESTRE DE CERIMÔNIAS
Membros do Soviete da cidade, caçadores, crianças, velhos etc.

Cena 1

No centro, a grande porta giratória de um magazine. Aos lados, vitrines repletas de mercadorias. As pessoas entram de mãos vazias e saem carregadas de pacotes. Vendedores ambulantes vendem suas mercadorias por todo o teatro.

VENDEDOR DE BOTÕES

Para que casar só por causa de um botão? Para que divorciar só por causa de um botão? Somente uma leve pressãozinha do polegar contra o indicador e nunca mais você perde as calças, cidadão!

    Botão alemão,
    Automático e de pressão,
    Não custa nada!
    Meia dúzia, vinte copeques!

VENDEDOR DE BONECAS

    Bonecas bailarinas mecânicas!
    Diretamente da Ópera de Moscou!
    Em casa ou na rua, a melhor diversão!
    Camarada, compre, não seja otário!
    Estas bonecas dançam sob a direção
    Do nosso camarada Comissário!

VENDEDORA DE MAÇÃS

    Não temos ananás,
    Não temos bananas,

Nós temos lindas maçãs:
Quatro copeques cada uma!

VENDEDOR DE FACAS DE AMOLAR
Pedra de amolar inquebrável!
Torna sua vida mais confortável!
Importada diretamente da Alemanha,
Afia o que você quiser afiar:
Sua faca, para cortar,
Sua navalha, para barbear,
Sua língua, para discutir!
Quem vai levar?

VENDEDOR DE ABAJUR
Abajur! Abajur! Abajur!
Temos de todas as cores
E para todos os gostos:
Azuis para o lazer,
Vermelhos para o prazer!
Leve para casa, cidadão!

VENDEDOR DE BALÕES
Dirigíveis e balões,
Ideais para explorações!
Nobile disse: "É o melhor transporte
Para chegar ao Polo Norte!"[1]
Compre um balão, companheiro!

VENDEDOR DE ARENQUES
Olha
 os melhores arenques
  da República!

---

[1] Umberto Nobile (1885-1978), engenheiro italiano que projetou o primeiro dirigível a sobrevoar o Polo Norte, em 1926. (N. da E.)

Indispensáveis
com vodca e panqueca!

VENDEDORA DE SUTIÃS
Sutiãs forrados de astracã!
Sutiãs forrados de astracã!

VENDEDOR DE COLA
Aqui,
no estrangeiro
e no mundo inteiro
Todo mundo joga fora louça quebrada.
Para que jogar fora louça quebrada?
Agora
nós temos a famosa cola em pó
"Excelsior"!
Cola, não descola e tenho dito
de uma Vênus de Milo até um penico!

VENDEDORA DE PERFUMES
Perfumes Coty
pela metade do preço!
Perfumes Coty
pela metade do preço!

VENDEDOR DE LIVROS
O que faz a mulher quando o marido não está em casa? 105 histórias engraçadas escritas pelo ex-conde Lev Tolstói! O preço marcado é de 1 rublo e 20, mas para o freguês eu deixo por 15 copeques!

VENDEDORA DE SUTIÃS
Sutiãs forrados de astracã!
Sutiãs forrados de astracã!

(*Entram Prissípkin, Rosália Pávlovna e Baian*)

VENDEDORA DE SUTIÃS
   Sutiãs...

PRISSÍPKIN (*excitado*)
   Olha só que bonezinhos mais aristocráticos!

ROSÁLIA PÁVLOVNA
   Bonezinhos? Não são bonezinhos, são...

PRISSÍPKIN
   Está me achando com cara de cego? E se eu tiver um par de gêmeas?... Um seria para Dorothy, o outro para Lillian! Eu já decidi: vou dar às minhas futuras herdeiras os nomes de Dorothy e Lillian, como as irmãs Gish...[2] Aristocrático! Cinematográfico! Aristocratonematográfico! E tenho dito! As duas gêmeas vão passear de mãos dadas com estes bonezinhos na cabeça. E tenho dito! Minha casa vai ser o corno da abundância. Rosália Pávlovna, compre!

BAIAN (*rindo forçado*)
   Compre, Rosália Pávlovna, compre! Ele não é mais um homem vulgar! É assim que a classe ascendente vê as coisas. E esta classe está aí, bem na nossa frente. Ele traz, com sua imaculada origem proletária, um cartão do sindicato e você, Rosália Pávlovna, paga! A casa dele será o corno da abundância!

(*Rosália Pávlovna suspira e paga*)
   Deixa o pacote para mim... eu carrego e não cobro extra...

[2] Famosas atrizes do cinema mudo norte-americano. Lillian Gish estrelou *Birth of a Nation* (1915), de D. W. Griffith. (N. da E.)

VENDEDOR DE BONECAS
   Bonecas bailarinas mecânicas! Diretamente da Ópera de Moscou!

PRISSÍPKIN
   Meus futuros herdeiros devem receber uma educação elegante. E tenho dito! Rosália Pávlovna, compre duas!

ROSÁLIA PÁVLOVNA
   Camarada Prissípkin...

PRISSÍPKIN
   Cidadã, não me chame de camarada. Sua filha ainda não se casou com o proletariado.

ROSÁLIA PÁVLOVNA
   Está bem. Então, senhor futuro camarada Prissípkin, com este dinheiro quinze pessoas fazem a barba, sem contar o bigode e o resto! E se ao invés disso nós comprássemos, pelo menos, mais uma dúzia de garrafas de cerveja para o casamento? O que o senhor acha?

PRISSÍPKIN (*severo*)
   Rosália Pávlovna! Minha casa vai ser o corno...

BAIAN
   Sua casa será o corno da abundância. A cornucópia. Lá, a cerveja irá jorrar a cântaros, lá, as bonecas atapetarão o ambiente como o corno da abundância.

   (*Rosália Pávlovna compra. Oleg Baian carrega todos os pacotes*)

   Não precisa se preocupar, meu preço ainda continua o mesmo.

VENDEDOR DE BOTÕES
   Para que casar só por causa de um botão?
   Para que divorciar só por causa de um botão?

PRISSÍPKIN
   Em nossa família vermelha não vai haver essas briguinhas burguesas, só por causa de um botão. E tenho dito! Rosália Pávlovna, compre!

BAIAN
   Rosália Pávlovna, fique a senhora sabendo que enquanto a senhora não tiver o cartão do sindicato, a senhora não pode contrariar o senhor Prissípkin! Ele é a classe triunfante que varre tudo que está a seu alcance, como as lavas de um vulcão! E as calças do camarada Prissípkin devem ser o corno da abundância!

   (*Rosália Pávlovna suspira e compra*)
   Permita que eu carregue, o preço é o mesmo...

VENDEDOR DE ARENQUES
   Nós cuidamos da saúde pública,
   Temos os melhores arenques da República!

ROSÁLIA PÁVLOVNA (*excitada, grita*)
   Ah! Arenques! Isso sim! Vai ser ótimo para o casamento. Eu vou comprar! Vocês, homens, vão andando! Quanto custa esta sardinha?

VENDEDOR DE ARENQUES
   O salmão custa 2,60 o quilo.

ROSÁLIA PÁVLOVNA
   O quê? 2,60 por esta coisa seca?

VENDEDOR DE ARENQUES

Sim, madame. Este belo peixe custa 2,60 o quilo!

ROSÁLIA PÁVLOVNA

2,60 por esta barba de baleia em conserva? Você ouviu, camarada Skrípkin? Ah! Como vocês tinham razão quando mataram o czar! Ah! Como vocês estavam certos quando expulsaram os Riabushínski![3] Esses bandidos! Eu vou denunciar na Cooperativa Soviética do Estado! Eu vou exigir os meus direitos cívicos e os meus arenques na cooperativa!

BAIAN

Camarada Skrípkin, vamos esperar aqui. Eu pergunto: camarada, para que ficar se envolvendo em briguinhas pequeno-burguesas, misturando arenques e ninharias? Me dá 15 rublos e uma garrafa de vodca e eu transformarei sua festa de casamento num acontecimento histórico!

PRISSÍPKIN

Camarada Baian, eu também sou contra todos esses costumes pequeno-burgueses... essas cortinas com lacinhos, gerânios e passarinhos... Eu sou um homem de perspectivas históricas! No momento o que eu mais quero é uma cristaleira!

(*Zoia Bieriózkina entra correndo e fica parada na frente deles, que continuam conversando sem tomar conhecimento. Ela se afasta, espantada, e fica olhando*)

BAIAN

E quando o seu *cortège*...

PRISSÍPKIN

Quando o meu o quê?

---

[3] Família de magnatas russos, opositores da revolução bolchevique. Foram banidos do país após 1917. (N. da E.)

BAIAN (*sorrindo*)

Cortège... Cortège é o que se chamam àquelas procissões, principalmente as de casamento, aqueles cortejos solenes, nessas maravilhosas línguas estrangeiras...

PRISSÍPKIN

Ah! Sei, sei!

BAIAN

Como eu estava dizendo, quando o seu *cortège* estiver se aproximando, eu entoarei o epitalâmio de Himeneu.

PRISSÍPKIN

O quê? O que há com o Himalaia?

BAIAN

Himalaia, que nada. É o epitalâmio do deus do amor, o deus Himeneu, como nos clássicos gregos. Vem da mitologia, dos deuses, e não desses oportunistas selvagens, esses Venizélos.[4] Vem daqueles antigos, republicanos.

PRISSÍPKIN

Camarada Baian, eu queria deixar bem claro uma coisa. Se eu estou gastando dinheiro é para um casamento vermelho! Vermelho, hein? Não quero nada de deuses no meio, entendeu?

BAIAN

Camarada Skrípkin, eu compreendo muito bem este seu dom e esta sua virtude! Dando asas à imaginação — Plekhânov[5] permite isso aos marxistas — eu vejo, como que por

---

[4] Elefthérios Venizélos (1864-1936), político grego. (N. da E.)

[5] G. V. Plekhânov (1856-1918), pensador revolucionário, introdutor das teorias marxistas na Rússia. (N. da E.)

através de um prisma, o triunfo de sua classe, cheio de grandeza, de energia, de elegância! Vejo também um casamento com consciência de classe! A noiva desce da carruagem, ela está toda vestida de vermelho! Uma noiva vermelha! Tão vermelha que até sente o calor escorrer por seu corpo! Uma testemunha vermelha, o contador Yerakilov, gordo, vermelho, apoplético, entra levando a noiva pelo braço e o senhor está cercado de oficiais vermelhos! A mesa! A mesa está coberta de presuntos vermelhos e todas as garrafas têm um lacre vermelho!

PRISSÍPKIN (*delirando*)
    Mas é isso mesmo! É isso mesmo!

BAIAN
    Os convidados vermelhos gritam: "Beija! Beija! Beija!". Então a sua esposa, a sua esposa vermelha lhe oferece sua boca, quente, vermelha...

ZOIA (*transtornada, agarra os dois pela manga. Ambos se soltam, recompondo-se*)
    Vânia! O que esta lesma engravatada está falando? Que casamento? Quem vai casar?

BAIAN
    Trata-se da cerimônia nupcial e socialista que vai unir Elzevira Davídovna Renaissance e...

PRISSÍPKIN
    Zoia, eu amo outra.
    Ela é mais elegante,
    Tem um busto perfeito
    E usa um suéter colante!

ZOIA

Vânia!... E eu? Você vai me deixar? É isso o que você quer?

PRISSÍPKIN (*empurrando Zoia*)

Como os navios, cada um segue o seu caminho, nós vamos nos separar...

ROSÁLIA PÁVLOVNA (*sai triunfante da cooperativa, erguendo o arenque que comprou*)

Baleias e delfins! (*Ao vendedor de peixes*) Agora deixa eu ver o seu caramujo! (*Ela compara os dois peixes. O do vendedor é maior e mais gordo, ela fica furiosa*) Seu peixe é maior por causa do rabo! Ah! Por que a gente tem que se rebaixar tanto assim, hein, camarada Skrípkin? Por quê? Por que nós matamos o czar? Por que nós expulsamos os Riabushínski? Por quê?! Este regime soviético está me levando é para o cemitério... É! O rabo é que é mais comprido, só o rabo!...

BAIAN

Respeitável Rosália Pávlovna, tente medir os dois peixes um ao contrário do outro. Este aqui só é maior uma cabeça. E para que serve uma cabeça? Cabeça não se come: corta-se a cabeça e joga-se fora.

ROSÁLIA PÁVLOVNA

Você ouviu isso? Cortar a cabeça!... Se eu cortar a tua cabeça, camarada Baian, ninguém vai perder nada, mas se eu corto a cabeça deste peixe eu perco dez copeques por quilo! Bem, vamos para casa. Minha família precisa de um cartão do sindicato, minha filha está metida num bom negócio, então é melhor eu ficar quieta e calar a boca...

ZOIA
   Nós iríamos viver juntos e trabalhar juntos... Isso era tudo o que eu queria...

PRISSÍPKIN
   Cidadã! O nosso amor morreu. Se você ficar impedindo o desabrochar de um livre sentimento cívico, eu serei obrigado a chamar a milícia.

   (Zoia chora e se atira em Prissípkin, que tenta libertar-se. Rosália Pávlovna, derrubando todos os pacotes, consegue separá-los)

ROSÁLIA PÁVLOVNA
   O que esta operária imunda está querendo? Por que está avançando no meu genro?

ZOIA
   Porque ele é meu!

ROSÁLIA PÁVLOVNA
   O quê? Ah, sim, ela está grávida!... Está bem, queridinha, eu pago para você tirar, mas depois, sua vagabunda, eu te quebro a cara!

O MILICIANO
   Cidadãos, ponham fim a esta cena repugnante!

Cena 2

Dormitório de jovens operários e estudantes. O inventor desenha com ardor e funga. Um rapaz descalço rola sobre a cama onde também está sentada uma garota. Um rapaz de óculos está com o nariz enfiado num livro. Quando as portas se abrem vê-se um longo corredor com portas dos dois lados e lâmpadas elétricas por toda a extensão.

O RAPAZ DESCALÇO (*aos berros*)
Cadê minhas botas? Pegaram outra vez! Será que eu vou ter que trancar minhas botas no cofre da estação de Kursk, vou?

O RAPAZ DA VASSOURA
Foi Prissípkin que pegou para se encontrar com a sua namorada. Quando ele calçava as botas, ficava gritando: "É a última vez que eu calço esta porcaria! Hoje a noite eu vou ser apresentado a um grupo de pessoas mais de acordo com minha nova posição social!".

O DESCALÇO
Que canalha!

O JOVEM OPERÁRIO (*fazendo a limpeza*)
Até o armário dele tem um conteúdo aristocrático. Antes, estava cheio de garrafas de cerveja e rabos de arenque, mas agora está cheio de cremes de beleza e gravatas de cinco copeques.

A GAROTA
 Como você é bobo! Só porque o coitado comprou uma gravata todo mundo fica falando que ele é o Ramsay MacDonald.[6]

O DESCALÇO
 Mas é isso mesmo o que ele é — um Ramsay MacDonald! O problema não é a gravata que está presa nele, é ele que está preso na gravata. Agora ele já não pensa mais... Tem medo de fazer o cérebro trabalhar.

O DA VASSOURA
 Se ele está com a meia furada e está com pressa, eu juro como ele passa tinta preta no pé.

O DESCALÇO
 Seu pé não precisa de tinta para ficar preto.

O INVENTOR
 E se o pé não estiver totalmente preto na região do buraco? Aí era só trocar as meias dos pés.

O DA VASSOURA
 Poxa! Como é que você descobriu tudo isso, hein, inventor? Tira a patente antes que alguém te roube esta ideia.
 (*Bate com o pano de pó sobre a mesa, cai uma caixinha com cartões de visita. Se abaixa para pegar, pega um, vai até a lâmpada para ler e se esborracha de rir. Ninguém entende, nem ele consegue explicar de tanto rir. Todos correm para ler o cartão*)

TODOS (*leem e repetem muitas vezes*)
 Pierre Skrípkin! Pierre Skrípkin!

[6] Ramsay MacDonald (1866-1937), primeiro-ministro britânico, foi o primeiro a ser eleito pelo Partido Trabalhista, em 1924, mas acabou adotando políticas conservadoras em seu governo. (N. da E.)

O INVENTOR
　　É o nome que ele inventou para si mesmo. Prissípkin, quem é Prissípkin? Mas Pierre Skrípkin é nome para se falar de boca cheia! Nem é nome, é uma sinfonia!

A GAROTA (*sonhando*)
　　Olha que é mesmo! Pierre Skrípkin é um nome lindo! Como é que vocês ficam aí caçoando se vocês não sabem se ele está ou não fazendo uma revolução naquela família? Pode até ser.

O DESCALÇO
　　Ele até superou Púchkin com aquelas costeletas! A diferença é que o cabelo de Prissípkin é que nem rabo de cachorro, ele não lava para não arrepiar.

A GAROTA
　　Aquele artista de cinema alemão, o Harry Piel, ele também usa essas costeletas e é lindo...

O INVENTOR
　　É o seu professor em matéria de cabelos.

O DESCALÇO
　　Uma coisa que eu queria saber é onde estão plantados os seus cabelos. Porque ele não tem cabeça, mas, ao mesmo tempo, ali há caracóis abundantes. Será a umidade que faz essa gente brotar?

O DO LIVRO
　　Não, vocês não sabem nada. Ele é um escritor. Não sei o que ele escreveu, mas sei que é famoso. O *Jornal da Noite* publicou artigos sobre ele. Disseram que plagiou uns versos de Apúkhtin. Ofendido, ele refutou: "Vocês estão loucos, nada que vocês dizem é verdade, eu roubei aqueles versos de

Nadson!".[7] Eu sei que nunca mais publicaram nada dele e assim mesmo continua famoso. Agora ele educa a juventude! Lições de canto e de poesia, de boas maneiras e de dança. Ensina também como dar facadas nos amigos...

O DA VASSOURA
Quem tem mãos de operário não tira calos com pedra-pomes.

(Entra um serralheiro com roupa de trabalho. Sujo de graxa. Lava as mãos e vira-se para os demais)

O SERRALHEIRO
Entre ele e um operário não existe nenhuma semelhança. Ele até já pediu para acertar as contas. Vai se casar com uma mocinha cujo papai é cabeleireiro. Ela é a caixa e manicure Elzevira Renaissance, que agora vai lhe fazer as unhas.

O INVENTOR
Elzevir? É nome de um tipo de imprensa.

O SERRALHEIRO
Dos tipos eu não estou sabendo, eu sei que ela tem uma "carroceria"! Ele mostrou a foto dela ao contador para ele calcular mais depressa.

Ela tem os peitos enormes, parecem duas abóboras. É uma mulher de peso, para todas as horas!

O DESCALÇO
Ele não perdeu tempo!

---

[7] Aleksiêi Apúkhtin (1840-1893) e Siemion Nadson (1862-1887), poetas russos, populares no final do século XIX. (N. da E.)

A GAROTA
Ah! Está com inveja?

O DESCALÇO
Quando eu for chefe de seção e tiver outro par de botas, eu também vou procurar um lugarzinho melhor que este aqui, um apartamento pequeno...

O SERRALHEIRO
Garoto, segue meu conselho: ponha cortinas. Aí você pode abrir as cortinas e olhar a rua ou então você pode fechá-las e abocanhar propinas. Na hora de trabalhar é chato ficar sozinho, mas na hora de comer o frango é melhor não ter ninguém por perto, não é verdade? Na guerra nós tivemos muitos homens que tentaram fugir das trincheiras. O pior é que todos eles foram mortos, um a um. Vá embora, está esperando o quê?

O DESCALÇO
E vou mesmo, na primeira oportunidade. E quem você pensa que é, hein, Karl Liebknecht de araque?[8] Se te fizessem um "psiu" duma janela cheia de gerânios você atenderia correndo?

O SERRALHEIRO
Não, eu não sou desertor. Você pensa que eu gosto de vestir estes trapos imundos? Você acha que eu gosto de viver no meio dos piolhos? Garoto, nós somos muitos e não existem filhas de cabeleireiro para todo mundo. Quando as nossas casas estiverem construídas e tudo estiver pronto, aí todo mundo muda e se instala. Mas todos juntos e ao mesmo tem-

---

[8] Karl Liebknecht (1871-1919), militante político alemão, declarou a República Socialista da Alemanha de uma janela do Berliner Stadtschloss, em 1918. Foi assassinado, com Rosa Luxemburgo, em 1919. (N. da E.)

po! É isso: todo mundo junto e ao mesmo tempo! Nós não vamos abandonar as trincheiras fedorentas segurando uma bandeira branca!

O DESCALÇO
Lá vem as trincheiras de novo! Não estamos em 1919. Agora todo mundo quer viver por si mesmo, a sua vida.

O SERRALHEIRO
Como? Você acha que as trincheiras não existem mais?

O DESCALÇO
Blá, blá, blá...

O SERRALHEIRO
E o que não falta são os piolhos!

O DESCALÇO
Blá, blá, blá...

O SERRALHEIRO
Agora atiram em nós sem fazer barulho, é isso!

O DESCALÇO
Blá, blá, blá...

O SERRALHEIRO
Olha o Prissípkin: ele já foi ferido por um tiro do cano duplo da espingarda dos olhos de uma mulher!

(*Entra Prissípkin com sapatos de verniz. Atira um par de botas velhas no rapaz descalço. Baian vem atrás com os pacotes. Fica entre Prissípkin e o serralheiro, que puxa uma dança popular*)

BAIAN

Camarada Skrípkin, não olhe essas danças selvagens, elas podem estragar seu gosto refinado em formação...

(*Os rapazes do alojamento dão as costas a eles*)

O SERRALHEIRO

Pare de se curvar, você vai acabar desviando a coluna!

BAIAN

Eu te compreendo muito bem, camarada Skrípkin! O senhor tem uma alma muito sensível para viver neste ambiente grosseiro. Mas não perca a paciência: é só mais esta lição. O primeiro *fox-trot* depois da cerimônia nupcial é de importância extrema e o camarada tem que deixar uma impressão gravada na história. Pode começar, dê algumas voltas com seu par imaginário. Não bata os pés! Não estamos num desfile de Primeiro de Maio!

PRISSÍPKIN

Camarada Baian, eu vou tirar os sapatos: eles estão me apertando, além disso vão gastar.

BAIAN

Isso. Exatamente! Continue nesse passo preguiçoso, como se voltasse duma cervejaria sob um doce luar melancólico. Isso mesmo. Bravo! Não arrebite a traseiro! O senhor não está empurrando uma carroça e sim conduzindo uma *mademoiselle*. Cadê suas mãos? Mais para baixo, mais para baixo!

PRISSÍPKIN (*com a mão escorregando no ombro imaginário*)

Não consigo, a mão cai.

BAIAN

Camarada Skrípkin, através de uma discreta manobra de reconhecimento, descubra o sutiã e enganche seu polegar nas alças dele, assim é possível descansar um pouco o braço. Esta prova de confiança é agradável à dama e é, para o senhor, um alívio porque aí já pode pensar na outra mão. Por que está sacudindo os ombros? Isso já não é mais *fox-trot*. É uma demonstração de *shimmy*?

PRISSÍPKIN

Não, não é nada... eu estava só me coçando.

BAIAN

Camarada Prissípkin, não é bem assim! Se alguma emergência deste tipo ocorrer enquanto estiver tomado por seus impulsos coreográficos, faça saltar dos olhos faíscas de indignação, como se tivesse ciúmes de sua dama, recue à espanhola, encoste-se numa parede e esfregue-se rapidamente numa escultura qualquer. Na elegante sociedade onde o senhor irá debutar, as paredes são todas esculpidas com as formas mais artísticas. Esfregue-se, solte um suspiro e diga: "Já entendi, sua danada, você brinca comigo... mas...", e com uma faísca no olhar, volte a dançar, acalmando-se aos poucos.

PRISSÍPKIN

Assim?

BAIAN

Bravo! Muito bem! Camarada Prissípkin, o senhor é muito bem-dotado, até demais! Nas condições de estrangulamento do capitalismo e construção do socialismo num mesmo país, não há lugar para o senhor. Aqui o senhor não pode esbanjar seu talento. Aqui é muito pequeno. Te faço uma pergunta: o Beco das Cabras onde mora é cenário digno de sua pessoa? O que o senhor precisa é da revolução mundial, é se estender pela Europa, pelo mundo... É só esmagar os Chamberlain e os Poincaré e o Moulin Rouge é seu![9] O Panthéon, com todo o esplendor de sua arte, é seu! Lembre-se sempre de sua posição! Agora preciso partir. Vou dar uma olhada nos oficiais antes do casamento: antes da cerimônia, um copo por conta da casa e durante nem mais uma gota. Depois, se gostarem, que bebam no gargalo. *Au revoir!* (*Grita da porta*) Nunca use duas gravatas ao mesmo tempo! Não se esqueça: camisa engomada não se usa por fora das calças!

(*Prissípkin desembrulha as compras*)

O DESCALÇO
Vânia, por que não deixa disso? Para que essas roupas?

PRISSÍPKIN
Cuide dos seus negócios, respeitável camarada! Por que você pensa que eu lutei? Lutei por uma vida boa e melhor e agora eu tenho tudo isso: uma esposa, um lar e boas maneiras. Em caso de necessidade sempre saberei qual é o meu dever! Aquele que fez a guerra tem todo direito de se deitar à beira do rio e repousar! E tenho dito! Meu bem-estar pessoal pode até elevar o nível de toda a minha classe! E tenho dito!

O SERRALHEIRO
Então esse aí é um guerreiro, um autêntico Suvórov![10] O que ele falou está certo!

---

[9] Chamberlain, família de importantes políticos britânicos: Austen Chamberlain (1863-1937) foi ministro das Relações Exteriores entre 1924 e 1929. Raymond Poincaré (1860-1934), chefe de Estado francês, exerceu seus dois últimos mandatos entre 1926 e 1929. (N. da E.)

[10] Aleksandr Suvórov (1729-1800), famoso general russo que dizem nunca ter sido derrotado em batalha. (N. da E.)

> Eu trabalhei
>   algum tempo
> na construção duma ponte para o socialismo.
> Mas eu me cansei
>   e não terminei
> e debaixo da ponte
>   eu repousei.
> Na ponte cresceu a grama
> que os carneirinhos já comeram.
> Agora eu só quero
> descansar à beira do rio...

Não é assim?

PRISSÍPKIN

Não me enche o saco com a sua propaganda barata! Xô!
(Senta-se na cama, pega sua guitarra e canta)

> Para que procurar a felicidade?
> Eu sei onde ela está!
> Está lá
> na Rua Lunatchárski!

(Um tiro. Todos correm para a porta)

UM RAPAZ *(entrando)*

Zoia Bieriózkina se deu um tiro!

(Todos correm para a porta)

OUTRO RAPAZ

Nossa, como ela vai ser criticada na célula!

VOZES

— Socorro!
— Socorro!

— Socorro!
— Socorro!

UMA VOZ (*no fone*)
Alô! Serviço de emergência? O quê? Foi uma bala no peito. O endereço é Beco das Cabras, 16.

(*Prissípkin fica sozinho, junta suas coisas rapidamente*)

O SERRALHEIRO
Por sua culpa, sua merda engomada, uma mulher como ela se deu um tiro! Fora daqui!
(*Agarra Prissípkin pelo colarinho e o atira para fora com todos os embrulhos. Seu chapéu voa longe*)

O DA VASSOURA (*chega correndo com o médico, levanta Prissípkin e lhe entrega o chapéu que havia caído*)
Você faz barulho quando deserta sua classe, hein?!

PRISSÍPKIN (*se recompõe e grita*)
Cocheiro, Rua Lunatchárski, nº 17! Minhas malas, por favor!

Cena 3

Grande salão de beleza e barbearia. Paredes de espelhos. Diante dos espelhos, grandes flores de papel. As mesinhas estão cobertas de garrafas. À esquerda, ao lado do jardim, um grande piano de cauda aberto. À direita, um aquecedor a carvão cujos tubos serpenteiam em todas as paredes. No centro, uma mesa redonda de banquete. Estão sentados à mesa: Pierre Skrípkin, Elzevira Renaissance, duas testemunhas femininas e duas testemunhas masculinas, a mãe e o pai Renaissance, o padrinho (um contador) e a madrinha (sua mulher).

Oleg Baian está sentado no centro, de costas para o público.

ELZEVIRA
 Podemos começar, Skripotchka?

PRISSÍPKIN
 É preciso esperar.

(Uma pausa)

ELZEVIRA
 Skripotchka querido, podemos começar?

PRISSÍPKIN
 Já disse: é preciso esperar. Eu quero meu casamento de uma forma organizada e na presença dos convidados de honra — principalmente na presença da pessoa do secretário do comitê da fábrica, o respeitável camarada Lassaltchenko... E tenho dito!

UM CONVIDADO (*entra correndo*)

    Prezados camaradas e jovens noivos, queiram ter o obséquio de perdoar o meu atraso, mas venho trazer-vos as felicitações do nosso grande e respeitável chefe, o camarada Lassaltchenko. Amanhã, ele disse, se fosse preciso eu iria até a igreja, mas hoje, decididamente, não posso acompanhá-los, ele disse. Preciso comparecer a uma reunião do partido e, querendo ou não, preciso participar dessa reunião. Depois do dito, como se costuma dizer, passemos à ordem do dia.

PRISSÍPKIN

    Está aberta a sessão.

ROSÁLIA PÁVLOVNA

    Camaradas e *monsieurs*! Por favor, sirvam-se e comam. Onde os senhores iriam encontrar um leitão como este nos dias de hoje? Eu comprei este porco há três anos atrás, para me prevenir caso houvesse guerra com a Grécia ou com a Polônia. Mas... acabou não havendo guerra e o leitão já estava começando a ficar mofado. Por isso comam, cavalheiros, comam depressa!

TODOS (*levantando os copos*)

    Beija! Beija!...

    (*Elzevira e Pierre levantam-se*)

    Beija! B-e-i-j-a!

    (*Elzevira se atira em Pierre, que a beija discretamente. Nota-se que ele tem a consciência de sua nova dignidade de classe*)

O PADRINHO (*inflamado*)

    Queremos Beethoven! Shakespeare! Arte!

    (*Trazem o piano de cauda para o centro*)

VOZES

Peguem por baixo, por baixo! Olha só que dentadura enorme! Dá vontade de socar!

PRISSÍPKIN

Cuidado com meu piano!

BAIAN (*levanta-se cambaleante e entorna sua taça*)

Hoje eu estou feliz! Sim, camaradas, estou muito feliz em ver como a estrada tão cheia de lutas do nosso camarada Skrípkin tenha chegado a uma conclusão tão gloriosa e elegante. É verdade que ao longo desta estrada ele perdeu a carteira do Partido mas, por outro lado, ele adquiriu bilhetes de loteria e ações do Estado! Com sucesso, nós conseguimos unir e coordenar as classes contraditórias deste casal. E nós, armados como estamos com a visão marxista, podemos ver neste fato tão claro quanto uma gota d'água, o futuro risonho da humanidade, vulgarmente chamado socialismo.

TODOS

Beija! Beija!

(*Elzevira e Skrípkin se beijam*)

BAIAN

Como são gigantescos nossos passos na estrada da construção familiar! Quando muitos de nós morreram na batalha de Pierekop,[11] como poderíamos prever que rosas rubras como estas floresceriam no momento histórico presente? Nos tempos em que éramos oprimidos sob o jugo da autocracia, como nossos grandes mestres Marx e Engels poderiam imaginar que os laços do Himeneu poderiam unir o Trabalho,

[11] Batalha em que o Exército Vermelho bolchevique venceu o general Wrangel, líder do Exército Branco, em 1920. (N. da E.)

anônimo mas grandioso, ao Capital, destronado mas sempre sedutor?

TODOS
    Beija!... Beija!...

BAIAN
    Respeitáveis camaradas! A beleza é o motor do progresso! O que seria de mim se eu fosse um simples operário? Eu seria Bótchkin,[12] simplesmente Bótchkin, e sendo Bótchkin, o que eu poderia fazer? Zurrar? Mas sendo Oleg Baian eu posso fazer o que bem quiser. Por exemplo...

    Oleg Baian
    bebe até de manhã!

Eu sou Oleg Baian. Eu gozo de todas as dádivas do sistema como um membro comum da sociedade. Eu posso me iniciar nos tesouros da cultura, posso até praguejar. Não, não é bem isso, praguejar eu não posso, isso não se faz, mas, pelo menos, posso exprimir-me como faziam os clássicos gregos: "Elzevira Davídovna, atire o prato!". E todo o país me responde em coro, como se toda a nação fosse um só trovador:

    Eis aqui uma taça de vodca e um rabo de arenque!
    Camarada Baian, aceite este nosso presente!
    Façamos um brinde neste castelo
    À saúde de tudo que é belo!

TODOS
    Viva! Bravo! Beija!

BAIAN
    Camaradas! Esta noite a beleza está grávida...

---

[12] Bótchkin: "zé-ninguém" em russo. (N. da E.)

A TESTEMUNHA (*num salto*)
 Grávida? Quem disse "grávida"? Eu lhe pediria para observar vossa linguagem na presença de recém-casados!

(*Afastam a testemunha*)

TODOS
 Beethoven! Uma polca!
 (*Empurram Baian para o piano*)

BAIAN
> Pelas montanhas e vales
> Cruzando lagos de espelho
> O trem levava os convidados
> Para um casamento vermelho...

TODOS (*em coro*)
> O noivo, um operário pacato,
> Tem um cartão do sindicato!

O PADRINHO
 Já sei! Entendi tudo! Isso quer dizer:

> Oleg Baian, cuidado, seja decente,
> Oh, meu carneirinho inocente...

O CABELEIREIRO (*com o garfo na mão, fala à madrinha*)
 Não, madame, depois da Revolução ninguém mais faz permanentes a frio. Agora está se usando o *chignon gaufré*... Bem, então a madame pega um encrespador de ferro (*agita o garfo*), aquece a fogo brando, *à l'étoile* (*enfia o garfo no aquecedor*), e edifica-se na cabeça um destes *soufflés* de cabelos...

A MADRINHA
 Assim você insulta a minha honra de mãe e de virgem... Tire suas mãos de mim, seu filho da mãe!

A TESTEMUNHA

Filho da mãe? Quem disse "filho da mãe"? Eu lhe pediria para observar vossa linguagem e não dizer "filho da mãe" na presença dos recém-casados!

(*O padrinho contador os separa cantarolando e continua manivelando a caixa registradora como se fosse um realejo*)

ELZEVIRA (*a Baian*)

Ah, toque para nós aquela valsa, "Lamento de Makárov por Viera Kholódnaia"...[13] Ah, é uma valsa tão *charmante*, é simplesmente *une petite histoire*...

A TESTEMUNHA (*armada com um violão*)

Mictório? Quem foi que disse "mictório"? Eu vos pediria...

(*Baian o afasta e senta-se ao piano. A testemunha o ameaça*)

Por que o senhor toca somente as teclas pretas? Decerto preto é a cor do proletariado, não é? E para a burguesia o senhor toca todas as notas, não é verdade?

BAIAN

Por favor, cidadão! O senhor não vê que eu dou às teclas brancas a maior atenção?

A TESTEMUNHA

Você acha as brancas melhores? Toque todas!

BAIAN

Estou tocando todas!

---

[13] Viera Kholódnaia (1893-1919), principal estrela do cinema mudo russo. (N. da E.)

A TESTEMUNHA

Então o senhor está com os Brancos?[14] Oportunista!

BAIAN

Camaradas, o teclado...

A TESTEMUNHA

Pecado? Por que o senhor disse "pecado"? Ainda mais na presença de recém-casados! Tome esta!

(*Dá-lhe com o violão na cabeça. O cabeleireiro enrola com o garfo os cabelos da madrinha. Prissípkin puxa o padrinho contador para longe de sua mulher*)

PRISSÍPKIN

Eu posso saber o que significa este peixe gordurento no peito da minha mulher? Isto aqui não é um jardim, é um peito! E isto aqui não é um crisântemo, é um arenque!

O PADRINHO

Cadê o salmão? Nós comemos salmão? E você acha que vai segurar sua mulher por muito tempo?

(*Começam a brigar. Lutam. A noiva cai sentada no aquecedor, seu véu pega fogo. Chamas. Fumaça*)

GRITOS

— Fogo!
— Quem foi que disse "fogo"?
— Socorro!
— Salmão!...

O trem levava os convidados
para o casamento vermelho...

---

[14] Referência ao Exército Branco, contrarrevolucionário, que combateu os bolcheviques na guerra civil russa de 1918-1922. (N. da E.)

Cena 4

Na negritude da noite brilha um capacete de bombeiro refletindo as chamas do incêndio. Os bombeiros movimentam-se rapidamente, só parando para falar com seu capitão.

1º BOMBEIRO
Não pudemos fazer nada, camarada Capitão! Só nos chamaram duas horas depois... Estavam todos bêbados! Tudo queima como pólvora. (*Sai*)

O CAPITÃO
Como poderia não queimar? São só teias de aranha e álcool.

2º BOMBEIRO
O fogo está apagando. A água congela ao sair das mangueiras. O porão foi inundado e agora está parecendo um rinque de patinação. (*Sai*)

O CAPITÃO
Acharam os corpos?

3º BOMBEIRO
Encontramos um homem com a cabeça rachada. Deve ter sido uma viga. Vai direto para a aula de anatomia! (*Sai*)

4º BOMBEIRO

Achamos um corpo chamuscado, de sexo desconhecido, com um garfo plantado na testa. (*Sai*)

1º BOMBEIRO

Uma ex-mulher foi encontrada dentro do aquecedor com uma grinalda de cinzas na cabeça.

3º BOMBEIRO

Descobrimos um corpo não identificado, com aspecto de monarquista, agarrado a uma caixa registradora. Devia ser um ladrão. (*Sai*)

2º BOMBEIRO

Não há sobreviventes... Está faltando um corpo, que já deve ter virado cinzas.

1º BOMBEIRO

Mas que fogos de artifício! Parecia um circo! Só que todos os palhaços morreram torrados!

3º BOMBEIRO

    Eles voltaram do casamento
    num carro com uma cruz vermelha!...

(*Uma corneta chama os bombeiros. Eles se colocam em formação e saem marchando pelo teatro, recitando*)

BOMBEIROS

    Camaradas e cidadãos,
                o álcool é um veneno!
    Os bêbados
        podem facilmente
                queimar a República!

Um fogareiro ou um fogão
                    podem torrar sua casa
e a você também, cidadão!
Incêndios são causados
                    por sonhos mal-sonhados,
por isso nunca leve
                    para ler na cama
                                        Nadson e Járov![15]

---

[15] Sobre Nadson, ver nota anterior, à p. 25. Sobre Aleksandr Járov (1904-1984), ver Boris Schnaiderman, em *A poética de Maiakóvski através de sua prosa* (São Paulo, Perspectiva, 1971, p. 79): "poeta frequentemente ironizado por Maiakóvski e que se tornaria depois um representante típico da poesia laudatória do período stalinista". (N. da E.)

Cena 5

Um enorme auditório em forma de anfiteatro. Os homens foram substituídos por alto-falantes com braços de metal que sobem e descem como sinalizadores de automóveis. Sobre eles — lâmpadas elétricas coloridas. No teto, telas de projeção. No centro, uma tribuna com um microfone. Em volta da tribuna — painéis de controle eletrônico e entradas de luz e som. Dois mecânicos, um rapaz e um velho, trabalham na sala fracamente iluminada.

O VELHO (*tirando o pó dos alto-falantes com um espanador*)
Hoje vai haver uma eleição importante. É preciso engraxar e verificar a máquina de votar das regiões agrícolas. A última vez ela encrencou, votava soltando faíscas.

O RAPAZ
Eu vou engraxar as regiões centrais. Vou limpar também a garganta da máquina de Smolensk. Na semana passada estava rouca. Depois preciso ajustar as mãos dos quadros de funcionários de Moscou, elas estão com um desvio: as esquerdas estão se enroscando com as direitas.

O VELHO
As fábricas dos Urais estão prontas. As fábricas metalúrgicas de Kursk já estão quase instaladas. Acabaram de montar uma nova máquina prevista para sessenta e dois mil eleitores do segundo grupo de Zaporójie. Ela funciona bem — nunca dá problemas.

O percevejo

O RAPAZ
Você lembra como era antigamente? Devia ser engraçado, não é?

O VELHO
Uma vez minha mãe me levou a uma reunião, ela me carregava no colo. Não tinha muita gente — umas mil pessoas que ficavam sentadas sem fazer nada, só ouvindo. Era uma questão muito importante, então decidiram fazer uma votação. Minha mãe era contra, mas não pôde fazer nada porque estava me carregando no colo.

O RAPAZ
Isso é que era trabalho braçal!

O VELHO
Antes, máquina como esta não serviria para nada. Havia pessoas que queriam a todo custo ser as primeiras a levantar as mãos — para serem notadas. Então levantavam as mãos na cara do presidente, quase enfiavam o braço no focinho dele — eles até lastimavam não ter os doze braços da velha deusa Ísis para poder votar com todos. Outras pessoas nem queriam saber de votar. Me contaram que um desses homens se trancou numa privada durante toda a eleição — tinha medo de votar. Então ele ficou lá, refletindo, vendo como podia salvar a pele e o cargo...

O RAPAZ
E salvou?

O VELHO
Salvou! Lhe deram até um novo serviço. Como viram o quanto ele era atraído por uma privada, ele ficou encarregado delas e de vigiar o sabão e as toalhas...
Tudo pronto?

O RAPAZ
 Tudo!

(*Vão para as mesas de controle. Um homem de óculos e barba abre a porta e vai direto à tribuna. De costas para o auditório, levanta retoricamente as mãos*)

O ORADOR
 Liguem ao mesmo tempo todos os distritos da Federação!

O VELHO E O RAPAZ
 Imediatamente!

(*Todas as luzes, vermelhas, verdes e azuis, acendem-se simultaneamente*)

O ORADOR
 Alô! Alô! Quem vos fala é o Presidente do Instituto da Ressurreição Humana. A questão é clara e simples, já foi, inclusive, comunicada por telegramas e debatida. No cruzamento da Rua 62 com a Avenida 17, no local onde existiu a antiga cidade de Tambóv, durante as escavações de uma fundação, na profundidade de 7 metros, antigamente um porão, foi descoberto um enorme bloco de gelo. Através do gelo puderam observar uma figura humana. De acordo com as possibilidades deste Instituto, esse indivíduo, que morreu cinquenta anos atrás, pode ser ressuscitado.
 É preciso harmonizar as diferentes opiniões.
 O Instituto tem como posição que a vida de um operário deve ser preservada até as últimas possibilidades.
 O exame de raios X revelou que as mãos deste indivíduo são calejadas. Meio século atrás os calos eram o sinal distintivo dos operários. É importante lembrar que depois das guerras que assolaram o mundo e das guerras civis que resulta-

ram na criação da Federação da Terra, a vida humana passou a ser considerada inviolável, segundo decreto de 7 de novembro de 1965. Queria, também, deixar expressa a posição da Secretaria Epidemiológica Central, que teme a difusão e reprodução das bactérias que anteriormente pululavam nos antigos habitantes da nossa velha Rússia. Com plena consciência de minha responsabilidade, coloco o caso em votação. Camaradas, lembrem-se, lembrem-se e lembrem-se mais uma vez:
Nós
    vamos votar
        por uma vida humana!

(As lâmpadas se apagam. Ouve-se um gongo estridente. O texto da primeira proposta é projetado na tela e lido pelo orador)

"Em nome da pesquisa, do estudo científico da vida humana e dos costumes do homem trabalhador, nós exigimos a ressurreição!"

(Metade dos alto-falantes grita: "Apoiado!". Depois: "Rejeitado!". Silêncio. A tela se apaga. O gongo soa pela segunda vez. A segunda proposta é projetada na tela e lida pelo orador)

"Proposta dos postos de controle sanitário das empresas químicas e metalúrgicas de Donbass: Para evitar o perigo de epidemia da bactéria da bajulação e da vaidade, doença característica do ano de 1929, nós exigimos que o objeto de exposição permaneça em estado de congelamento!"

(Alto-falantes gritam: "Rejeitado!". Algumas vozes isoladas: "Aprovado!")

Existe alguma outra proposta?

(A terceira proposta é projetada na tela e lida pelo orador)

As regiões agrícolas da Sibéria pedem que a ressurreição seja feita no outono, quando os trabalhos no campo estiverem terminados, para que as grandes massas de camponeses possam estar presentes.

(Maioria esmagadora de alto-falantes: "Contra! Rejeitado!". As lâmpadas se acendem)

Coloco em votação: os que são pela primeira proposta levantem a mão!

(Ergue-se maioria esmagadora de mãos de ferro)

Abaixem! Quem é pela proposta da Sibéria?

(Erguem-se duas ou três mãos isoladas)

A Assembleia da Federação aceita a proposta a favor da "Res-sur-rei-ção"!

(Todos os alto-falantes gritam: "Bravo!")

Está encerrada a sessão!

(Silêncio. O hall é invadido por uma multidão de repórteres. O orador, não conseguindo conter-se, grita)

Ressurreição! Ressurreição!! Ressurreição!!!

(Os repórteres tiram microfones dos bolsos)

1º REPÓRTER

Alô!!! 472,5 quilociclos... O *Izviéstia da Antártida*... Ressurreição!

2º REPÓRTER

Alô! Alô!!! 376 quilociclos... O *Pravda de Vítebsk*... Ressurreição!

3º REPÓRTER

Alô! Alô! Alô! 211 quilociclos... O *Pravda do Komsomol de Varsóvia*... Ressurreição!

4º REPÓRTER
Jornal Literário de Armavir... Alô! Alô!!!

5º REPÓRTER
Alô! Alô! Alô! 44 quilociclos... O *Izviéstia do Soviete de Chicago...* Ressurreição!

6º REPÓRTER
Alô! Alô! Alô! 115 quilociclos... A *Gazeta Vermelha de Roma...* Ressurreição!

7º REPÓRTER
Alô! Alô! Alô! 78 quilociclos... O *Proletário de Xangai...* Ressurreição!

8º REPÓRTER
Alô! Alô! Alô! 220 quilociclos... A *Camponesa de Madri...* Ressurreição!

9º REPÓRTER
Alô! Alô! Alô! 11 quilociclos... O *Pioneiro de Cabul...* Ressurreição!

(*Entram os jornaleiros com as últimas notícias*)

1º JORNALEIRO
Descongelar ou não,
                eis a questão!
Editoriais em prosa
                ou verso!

2º JORNALEIRO
Sensacional! Sensacional! Sensacional!
Enquete internacional:
O micróbio do lambe-botas vai ressuscitar?

3º JORNALEIRO
    Artigos científicos
                sobre antigas guitarras e serenatas
    e outros
         métodos
              para drogar as massas!

4º JORNALEIRO
    Últimas notícias!!! Entrevista! Entrevista!

5º JORNALEIRO
    Na *Gazeta Científica*
    leia em prosa e verso
    a lista completa
    dos palavrões do Congresso!

6º JORNALEIRO
    Últimas notícias radiofônicas!

7º JORNALEIRO
    Discussão teórica
                de um problema importante:
    Pode o cigarro
                matar um elefante?

8º JORNALEIRO
    Vai te fazer rir
                até te dar cólica
    Finalmente explicada
                a palavra "alcoólica"!

Cena 6

Porta deslizante de vidro translúcido, através dela se veem os metais brilhantes de instalações cirúrgicas. Na frente da porta estão o professor e sua velha assistente, que conserva os traços característicos de Zoia Bieriózkina. Os dois vestem uniforme branco.

ZOIA BIERIÓZKINA
Camarada! Camarada professor! Por favor, não faça esta experiência! Camarada professor, vai ser uma bagunça...

O PROFESSOR
Camarada Bieriózkina, a senhora vive no passado e fala uma linguagem incompreensível. A senhora fala como um dicionário de palavras arcaicas! Bagunça... O que quer dizer "bagunça"? *(Procura num dicionário)* Bagunça... burguesia... burocracia... bolor... bordel... boêmia... banco... bagunça, está aqui, bagunça: "uma espécie de atividade humana que obstrui todas as outras atividades"...

ZOIA BIERIÓZKINA
Essa "atividade" dele quase me custou a vida cinquenta anos atrás. Eu cheguei a tentar suicídio...

O PROFESSOR
Suicídio, o que é "suicídio"? *(Olha no dicionário)* Suicídio... Servilismo... Solidão... Está aqui: suicídio. *(Lê, fica espantado)* Como? A senhora atirou contra si? Foi uma ordem da corte? Uma decisão do tribunal revolucionário?

ZOIA BIERIÓZKINA

Não... Eu mesma quis, foi iniciativa minha.

O PROFESSOR

Por imprudência?

ZOIA BIERIÓZKINA

Não... Por amor.

O PROFESSOR

Por amor? Mas é um absurdo! O amor constrói pontes, dá filhos e você... Ora, ora, ora!

ZOIA BIERIÓZKINA

Camarada, eu peço que me dispense deste trabalho, é realmente superior às minhas forças.

O PROFESSOR

Mas, francamente, camarada, que bagunça é esta? Ora, ora, ora! A Federação precisa da sua pessoa, sua participação é muito importante! Pode facilitar, inclusive, o descongelamento desse sujeito após cinquenta anos de anabiose! Para nós e para a Federação sua participação é fundamental! Ora, ora, ora! Sinto-me feliz em contar com sua pessoa. Ele — é ele! E você — é ela! Me diga uma coisa, os cílios dele eram muito finos? Conforme a espessura eles podem quebrar-se num processo de descongelamento rápido.

ZOIA BIERIÓZKINA

Camarada professor, como eu posso me lembrar de cílios de cinquenta anos atrás?

O PROFESSOR

Cinquenta anos? Isso foi ontem! E eu? Eu me lembro perfeitamente dos pelos do rabo de um mastodonte de meio

O percevejo 51

milhão de anos atrás... Ora, ora, ora! Por acaso a senhora não lembra se as suas fossas nasais se dilatavam muito quando aspirava ar em companhia de pessoas excitadas?

ZOIA BIERIÓZKINA
Camarada professor, como quer que me lembre disso? Há mais de trinta anos que ninguém dilata as narinas em casos semelhantes.

O PROFESSOR
Bem, bem, bem! A senhora faz ideia do volume do estômago e do fígado dele? Seria bom saber. Conforme a quantidade consumida de álcool há a possibilidade de um curto-circuito quando for ligada a corrente de alta tensão.

ZOIA BIERIÓZKINA
Camarada professor, eu não lembro. Só me recordo que ele tinha um estômago...

O PROFESSOR
Mas a senhora não se lembra de nada, camarada Bieriózkina! Pelo menos, me diga uma coisa: ele era muito impetuoso?

ZOIA BIERIÓZKINA
Não sei... Pode ser... Mas não comigo.

O PROFESSOR
Bem, bem, bem! O que eu tenho medo é quando ele for descongelado a senhora se "descongele" também! Ora, ora, ora! Vamos começar...

(*O professor aperta um botão. A porta de vidro abre-se lenta e silenciosamente: no centro, sobre a mesa de operação, uma grande caixa de zinco semelhante a um caixão. Em volta da caixa, torneiras. Sob cada tor-*

neira, um balde. Fios elétricos estão ligados à caixa. Balões de oxigênio. No primeiro plano, seis pias e seis toalhas brancas estão suspensas em fios invisíveis. Seis médicos de uniforme branco, muito calmos, estão em volta da caixa. O professor se dirige a cada um dos médicos)

>   (ao 1° médico)
>   Quando eu der o sinal, ligue a corrente elétrica.
>
>   (ao 2°)
>   Eleve a temperatura do corpo a 36 graus e 4 décimos, um décimo a cada 15 segundos.
>
>   (ao 3°)
>   Prepare os balões de oxigênio.
>
>   (ao 4°)
>   Enxugue a água pouco a pouco, substituindo o gelo pela pressão do ar.
>
>   (ao 5°)
>   Quando for o momento exato, abra a tampa de uma só vez.
>
>   (ao 6°)
>   Observe os estágios da ressurreição através deste espelho.
>
>   (Os médicos concordam com as cabeças e se dirigem a seus postos)
>   Comecemos.

(Examinam a temperatura, ligam a corrente elétrica. Aos poucos a água começa a pingar. Um dos médicos acompanha o processo atentamente)

6° MÉDICO
    Sua cor normal está voltando! *(Silêncio)* Já está livre do gelo! *(Silêncio)* Ele está respirando! *(Silêncio. Assustado)* Professor, esses espasmos são fora do comum...

O percevejo   53

O PROFESSOR (*aproxima-se, examina atentamente e diz, sentencioso*)
É um movimento normal. Ele está se coçando. Pelo visto, os parasitas que viviam com ele também estão ressuscitando.

6º MÉDICO
Professor, um fenômeno estranho: sua mão esquerda está se afastando muito do corpo...

O PROFESSOR (*olhando atentamente*)
Ah, ele se impregnou de música, uma "alma sensível", como se dizia antigamente. Na antiguidade, Stradivarius construía violinos e Utkin isto aí que eles chamam de guitarra.[16]

(*O professor examina o termômetro e o aparelho que registra a pressão do sangue*)

1º MÉDICO
36 graus e 1 décimo.

2º MÉDICO
68 pulsações.

6º MÉDICO
Está respirando normalmente.

O PROFESSOR
Ocupem seus lugares!

(*Os médicos se afastam da caixa. A tampa abre-se num só golpe e aparece Prissípkin, despenteado e surpreso. Atônito, olha para os lados, apertando a guitarra contra o corpo*)

---

[16] Ióssif Utkin (1903-1944), poeta russo contemporâneo de Maiakóvski, autor do poema "A guitarra". (N. da E.)

PRISSÍPKIN

Poxa, como eu dormi! Camaradas, desculpem, mas eu andei bebendo... Que destacamento de milícia é este?

O PROFESSOR

Aqui não é uma milícia! Nós estamos num Posto de Descongelamento. O senhor acabou de ser descongelado...

PRISSÍPKIN

O quê? Descongelado? Eu? Quem está bêbado? Eu ou você? Eu sei que vocês são médicos, eu estou sentindo o cheiro de éter. Mas eu vou provar a minha identidade, eu tenho todos os meus documentos e vou mostrar. (*Pula para fora da caixa, procura nos bolsos*) Eu, meu filho, eu tenho aqui no bolso 17 rublos e 60 copeques! Paguei em dia o carnê dos Fundos de Defesa Revolucionária... Sociedade de Luta Contra o Analfabetismo? Em dia! Podem conferir! Que é isso? Ah! Uma certidão de casamento! (*Assobia*) É mesmo, eu me casei ontem! Gatinha? Onde você está? Quem lhe beija os dedos agora? E quando eu chegar em casa? Ih, o pau vai comer! Olhem aqui o recibo das testemunhas, o cartão do sindicato! (*Olha para um calendário, esfrega os olhos e olha aterrorizado para os lados*) 12 de maio de 1979?! Então já faz muito tempo que eu não pago as taxas do sindicato! Cinquenta anos! O que eu vou preencher no formulário? E o Partido? E a Federação? E a minha mulher? Até logo, passar bem, muito obrigado! (*Aperta as mãos de todos os médicos e sai correndo*)

(*Zoia Bieriózkina, inquieta, vai atrás dele. Os médicos cercam o professor*)

TODOS EM CORO

O que ele fez com as mãos? Por que ele apertou e sacudiu nossas mãos?

O PROFESSOR

É um costume muito antigo e sobretudo muito anti-higiênico.

(*Os médicos e o professor, cuidadosamente, lavam as mãos*)

PRISSÍPKIN (*trombando com Zoia*)

Quem é você? Quem sou eu? Onde estou? A senhora por acaso é mãe de Zoia Bieriózkina? (*Se assusta com a buzina de um automóvel*)
Isto aqui é o inferno? Qual deles? Moscou? Paris? Nova York?... Cocheiro!!! (*Buzinas de automóveis*)
Mas aqui não passa nada! Nem um homem! Nem um simples cavalo! Só essas máquinas, máquinas, máquinas!!!
(*Encosta-se na porta, coça suas costas na parede e descobre um percevejo que estava no seu colarinho*)
Um percevejo! Um percevejo autêntico! Que engraçado!
(*Pega a guitarra e canta*)
Se tu me abandonares... (*Tenta pegar o percevejo que foge pela parede*) Como os navios, cada um segue o seu caminho, nós nos separamos... Ele foi embora, eu fiquei só!...
Cocheiro!... Automóvel! Rua Lunatchárski, nº 17! Sem bagagem!

(*Prissípkin segura a cabeça com as duas mãos e desmaia nos braços de Zoia Bieriózkina, que havia corrido até ele*)

Cena 7

No centro, uma praça triangular com três árvores artificiais. A primeira tem grandes folhas verdes e quadradas, que suportam enormes pratos cheios de tangerinas. Na segunda há grandes pratos de papel repletos de maçãs. A terceira árvore é verde com cones de pinheiro de onde se abrem vidros de perfume. Aos lados, paredes de vidro dos edifícios. Grandes bancos formam os lados do triângulo. Entra um repórter seguido de quatro pessoas: dois homens e duas mulheres.

O REPÓRTER
   Por aqui, camaradas! Nesta sombra. Agora eu vou contar todos esses acontecimentos espantosos e sinistros. Em primeiro lugar... Me dá uma tangerina. Como a municipalidade acertou hoje em mandar tangerinar as árvores! Ontem só havia peras sem gosto de nada e nada de nutritivo!

   (*Uma garota pega um prato da árvore. As pessoas, sentadas nos bancos, descascam e comem as tangerinas, prestando muita atenção ao repórter*)

1º HOMEM
   Vamos depressa, camarada, conte todos os detalhes.

O REPÓRTER
   Bem... Mas como essas tangerinas são suculentas! Não quer? Bem, vamos ao que interessa. Que impaciência! Eu, como redator-chefe, sei absolutamente de tudo. Mas olhem! Olhem este homem!

(Um homem de andar apressado atravessa a cena com uma bolsa cheia de termômetros e medicamentos)

É um veterinário. A epidemia está se alastrando. Logo que o animal mamífero ressuscitou, ele conseguiu escapar e começou a contagiar todos os animais domésticos. Agora todos os cães estão contaminados! Ele ensinou aos cães a ficar de pé só com as patas traseiras. Agora os cães não latem mais, só querem festinhas: lambem as pessoas que estão à mesa, fazem gracinhas por um torrão de açúcar. Os médicos estão dizendo que todos os humanos que forem mordidos por estes animais terão os sintomas primários da epidemia do "lambe-botas"!

TODOS
    O-o-oh!!!

O REPÓRTER
    Olhem! Olhem lá!

(Um homem, cambaleando, carregando uma cesta cheia de garrafas de cerveja, atravessa a cena)

O PASSANTE *(cantarolando)*
    Ah! Que saudades eu tenho
    Do século dezenove!
    Dos porres de vodca e cerveja
    Até o nariz ficar vermelho-cereja!

O REPÓRTER
    Estão vendo? Este homem está doente! Liquidado! Ele era um dos 175 enfermeiros do segundo laboratório de medicina. Com o objetivo de facilitar a existência do mamífero ressuscitado no seu período de transição, os médicos prescreveram que fosse dada ao animal uma poção que, em doses elevadas, é tóxica, e em pequenas doses é repugnante. É o que

se chama cerveja. As emanações nocivas causaram vertigens aos operários enfermeiros, que, por grave engano, beberam esta maléfica substância refrescante. As consequências foram lamentáveis! Desde que ocorreu tamanho absurdo a direção médica do hospital foi obrigada a mudar três equipes de enfermeiros! Neste momento 520 operários estão internados em estado gravíssimo, mas esta terrível epidemia continua avançando em ondas furiosas, derrubando as pobres vítimas!

TODOS
 A-a-ah!!!

2º HOMEM (*sonhador*)
 Eu sacrificaria minha vida, como mártir, pela ciência. Eu deixaria que meu organismo fosse atacado por uma dose desta misteriosa doença!

O REPÓRTER
 Cuidado! Ele também foi atacado! Silêncio... Não contrariem esta jovem lunática...

(*Entra uma garota aos passos de* charleston *e* fox-trot *ao mesmo tempo, e recitando baixinho os versos de um pequeno livro que segura entre os dedos. Sua outra mão está segurando com dois dedos uma rosa imaginária, que ela leva ao nariz para aspirar seu perfume*)

 Pobre menina! Ela mora ao lado do mamífero raivoso. Uma noite, enquanto a cidade dormia, ela ouviu, através da parede de seu quarto, o som horrível que o monstro tira de sua guitarra, acompanhado de medonhos sons sincopados e de uma ladainha de soluços. Como se chamam essas coisas? "Serenatas"... A pobre menina está começando a perder o juízo. Seus pais, arrasados, procuraram os melhores médicos. Foi em vão. Os cientistas estão dizendo que ela está contaminada por uma doença extinta chamada "Paixão". O que é isso, camaradas?! Neste estado a potência sexual do homem, ao invés de ser racionalmente distribuída por toda sua vida, é reduzida a uma única semana, num processo inflamatório desenfreado, louco, permitindo ao homem cometer os atos mais absurdos e incongruentes!

1ª MULHER (*cobrindo o rosto com as mãos*)
Eu não posso olhar! Já estou sentindo o micróbio do amor invadindo o meio ambiente!

O REPÓRTER
Doente! Esta mulher também está doente... A epidemia está tomando proporções oceânicas!

(*Trinta coristas passam dançando no palco*)

Vejam esta centopeia de trinta cabeças! Essas pernas que levantam e abaixam... (*Virando-se para a plateia*) E pensar que é isso que eles chamavam de arte!

(*Entra um casal dançando* fox-trot)

A epidemia atingiu... atingiu... (*procura no dicionário*) seu apogeu! Eis um quadrúpede bissexuado!

(*Entra o diretor do Zoológico correndo, trazendo nas mãos um pequeno cofre de vidro. Atrás dele entra uma multidão armada de telescópios, máquinas fotográficas e escadas de incêndio*)

O DIRETOR (*a todos*)
Vocês viram? Para onde ele foi? Ah, vocês não viram nada! Um destacamento dos caçadores me informou que ele foi visto há quinze minutos atrás saindo de um prédio. Sua velocidade média é de um metro e meio por hora, portanto, ele não deve estar longe. Camaradas, examinem todas as paredes!

(*As pessoas estendem seus telescópios, sobem nos bancos, olham de longe. O diretor dá instruções, dirigindo a caçada*)

VOZES
— Será este o melhor jeito de pegá-lo? O jeito é colocar uma pessoa nua deitada num colchão em cada janela. Ele gosta é dos humanos...
— Não grite! Assim ele vai embora!
— Se eu encontrar não dou para ninguém...
— Você não ousaria! É propriedade da comuna!

UMA VOZ EXCITADA
Achei! Está aqui! Está pulando!...

(*Todos os binóculos e telescópios focam no mesmo lugar. Há um silêncio somente interrompido pelo espoucar das máquinas fotográficas*)

O PROFESSOR (*com a voz emocionada*)
É... É ele mesmo! Guardas! Montem armadilhas! Sentinelas! Bombeiros! Aqui!

(*Entram soldados com cordões de isolamento. Os bombeiros manobram uma escada e as pessoas sobem em fila indiana*)

O DIRETOR (*deixando cair seu telescópio, com voz chorosa*)
Fugiu!... Pulou para a outra parede... S.O.S.!... Se ele cair há o perigo de morrer! Heróis! Voluntários! Desocupados! Por aqui!

(*A escada é manobrada para a outra parede. Algumas pessoas sobem, outras ficam olhando com a respiração ofegante*)

UMA VOZ EXCITADA, DE CIMA
Peguei! Hurra!!!

O DIRETOR
Depressa! Cuidado! Não deixem-no fugir! Não quebrem suas patinhas!

(*Trazem o inseto para baixo. De mão em mão ele chega ao diretor, que o coloca dentro do cofre de vidro e, triunfalmente, o levanta acima da cabeça*)

Camaradas, muito obrigado! Modestos trabalhadores da ciência, eu vos agradeço! Agora o nosso Jardim Zoológico está obra-primado com esta pequena maravilha... Nós acabamos de capturar a espécie mais rara de um inseto, extinto, que foi muito popular no início do século. Nossa comunidade deve sentir-se orgulhosa! Turistas e cientistas do mundo inteiro chegarão aqui em massa! Aqui, em minhas mãos, eu tenho o único exemplar vivo do *Percevejus normalis*. Cidadãos, recuem! O hemíptero está cansado, ele já cruzou as patinhas e precisa dormir. Eu tenho o máximo prazer em convidá-los para a abertura solene de sua exibição pública no Jardim Zoológico do Estado. A operação captura, tão importante e por isso mesmo tão penosa, acabou!

Cena 8

Uma sala com paredes opalinas. Do teto vem uma luz azulada. À esquerda, uma grande janela. Diante da janela uma mesa de desenho. Ao lado, um aparelho de rádio e uma tela de projeção. Três ou quatro livros. À direita, uma cama encostada na parede onde Prissípkin, imundo, está deitado em lençóis de cintilante brancura. Diversos ventiladores elétricos. O lado de Prissípkin está sujo, o chão está cheio de detritos. A mesa está coberta de pontas de cigarros e garrafas vazias. Um papel cor-de-rosa envolve a lâmpada de leitura. Prissípkin está gemendo. Um médico anda, nervosamente, pela sala.

O PROFESSOR (*entrando*)
Como vai o doente?

O MÉDICO
Ele eu não sei, mas eu vou muito mal. Se os camaradas não organizarem um esquema de revezamento de meia em meia hora, ele vai acabar contaminando todo mundo. Cada vez que ele me presenteia com seu bafo minhas pernas começam a tremer! Eu já mandei instalar sete ventiladores para renovar o ar da sala.

PRISSÍPKIN
O-o-oh!

(*O professor corre até ele*)
Professor! Oh, professor!!!

(*O professor, que deu uma boa aspirada, recua como que atacado de vertigem*)

Me dá um copo...

(*O professor verte um pouco de cerveja no fundo de um copo e o entrega a Prissípkin, que, furioso, levanta-se da cama*)

Você me ressuscitou para quê? Para rir da minha cara? Isso aqui faz o mesmo efeito que um refresco a um elefante!...

O PROFESSOR

A sociedade queria dar-lhe os meios necessários de voltar ao estado humano.

PRISSÍPKIN

Então pega essa sociedade e manda ela para o inferno! E vai também junto, vai! Eu não pedi para ninguém me ressuscitar! Me congelem de novo! E tenho dito!

O PROFESSOR

Eu não entendo o que você quer dizer. As nossas vidas pertencem à nossa coletividade e ninguém pode...

PRISSÍPKIN

Vida? É isso o que você chama de vida? Você não pode nem pregar o retrato da namorada na parede que as tachinhas entortam nesses vidros malditos... Camarada professor, me dá um copo!

O PROFESSOR (*enchendo o copo*)

Está bem, mas não respire na minha frente.

(*Entra Zoia Bieriózkina com duas pilhas de livros. Os médicos falam com ela em voz baixa e saem*)

ZOIA BIERIÓZKINA (*senta ao lado de Prissípkin e desembrulha os livros*)
Eu não sei se é isso o que você quer. Eu não encontrei nada do que você pediu e ninguém sabe nada a respeito. Só os manuais de jardinagem falam de rosas. Sonhos são mencionados somente nos livros de medicina, na seção de psiquiatria. Mas eu encontrei dois livros mais ou menos de seu tempo. Um deles é traduzido do inglês e chama-se *Como cheguei a presidente*, de Herbert Hoover.

PRISSÍPKIN (*pega o livro e o atira longe*)
Não, isso não serve para o coração. Eu quero qualquer coisa que faça o coração disparar...

ZOIA BIERIÓZKINA
Eis aqui o outro: *Cartas do exílio*, de um tal de Mussolini...

PRISSÍPKIN (*pega o livro e o atira longe*)
Não, isso não serve para a alma. Me deixa em paz com esses livros de propaganda barata! Eu quero alguma coisa que mexa com as entranhas...

ZOIA BIERIÓZKINA
Eu não sei de que você está falando. "Fazer o coração disparar", "mexer com as entranhas..." O que é isso?

PRISSÍPKIN
O que é isso? Então para que nós derramamos nosso sangue se agora eu, um líder da nova sociedade, não posso nem dançar uma música?

ZOIA BIERIÓZKINA
Eu mostrei seus movimentos corporais ao diretor do Instituto Central de Educação Física. Ele me disse que já viu isso numa coleção de postais antigos de Paris. Mas agora ele

disse que ninguém mais sabe o que é isso. A não ser duas velhas, elas ainda se lembram dessas danças, mas não podem fazer uma demonstração por causa do reumatismo.

PRISSÍPKIN

Então para que eu adquiri uma educação tão elevada? Já trabalhei muito, antes da Revolução!

ZOIA BIERIÓZKINA

Amanhã eu vou te levar para ver dez mil operários dançarem na praça, vai ser o alegre ensaio de um novo sistema de trabalho agrícola.

PRISSÍPKIN

Camaradas, eu protesto! Eu não fui descongelado para vocês me secarem!

(*Arranca os lençóis, pula para fora da cama, pega uma pilha de livros, arranca o jornal que embrulhava os livros e, quando está prestes a rasgá-lo, para e olha atentamente. Corre até a lâmpada*)

De onde você trouxe isso?

ZOIA BIERIÓZKINA

Estavam distribuindo na rua. As pessoas da biblioteca devem ter colocado dentro dos livros.

PRISSÍPKIN

Estou salvo! Eu estou salvo!!!

(*Corre até a porta, agitando o jornal como se fosse uma bandeira*)

ZOIA BIERIÓZKINA (*só*)

Eu fico pensando... Vivi mais cinquenta anos, e poderia ter vivido menos cinquenta anos por causa deste rato!...

Cena 9

O Jardim Zoológico. No centro, sobre um estrado, uma jaula coberta com panos e drapeada de bandeiras. Atrás da jaula, duas árvores. Atrás das árvores, outras jaulas com elefantes e girafas. À esquerda da jaula, uma tribuna; à direita, um palanque para os convidados de honra. Em volta da jaula, músicos. Espectadores de todas as partes do mundo vêm chegando em pequenos grupos. O mestre de cerimônias e seus assistentes, usando braçadeiras, dispõem os recém-chegados de acordo com sua altura e profissão.

MESTRE DE CERIMÔNIAS
Camaradas estrangeiros da imprensa, por aqui! Mais perto da plataforma! Abram alas para os brasileiros, que estão chegando! A aeronave deles acabou de aterrissar no aeroporto central. (*Dá alguns passos para trás e admira o espetáculo*) Camaradas negros, misturem-se aos ingleses para a formação de um grupo contrastante. A brancura anglo-saxônica ressaltará melhor sua cor. Estudantes secundaristas, pela esquerda! A Associação dos Centenários enviou-nos três senhoras e três senhores de idade, testemunhas oculares que complementarão as explicações dos professores!

(*As velhas e os velhos entram em cadeiras de rodas*)

1ª VELHA
Eu lembro como se fosse hoje...

1º VELHO
   Não, eu que lembro como se fosse hoje!

2ª VELHA
   Vocês lembram como se fosse hoje, mas eu lembro como era antes.

2º VELHO
   Eu lembro como se fosse hoje e como era antes.

3ª VELHA
   Eu lembro como se fosse ainda muito antes.

3º VELHO
   E eu lembro como se fosse hoje e como era antigamente!

MESTRE DE CERIMÔNIAS
   Calma, testemunhas oculares, não discutam! Abram caminho para as crianças. Por aqui, camaradinhas! Rápido! Rápido!!!

AS CRIANÇAS (*marcham em fila, cantando*)
   Nós estudamos
                o dia inteiro,
   Mas nós sabemos
                também brincar!
   Nós já estudamos
                matemática,
   agora nós vamos
                ver girafas!
   Nós vamos
                ao Zoológico
   depois
                de fazer a lição!

MESTRE DE CERIMÔNIAS
   Pedimos aos cidadãos que queiram agradar aos animais expostos, ou examiná-los em caráter científico, que se dirijam aos funcionários do Zoológico para adquirir equipamentos científicos necessários e produtos exóticos em doses regulares. A arbitrariedade ou hipertrofia das doses pode ter consequências mortais. Pedimos insistentemente que utilizem somente tais produtos e aparelhos com rigorosa exclusão de quaisquer outros. Os produtos e aparelhos em questão são fabricados pelo Instituto Central de Medicina e pelo Laboratório Urbano de Mecânica de Precisão.

   (*Os funcionários andam pelo Zoo e pelo teatro*)

1º FUNCIONÁRIO
   Para ver um micróbio,
               camaradas,
                      utilizem um microscópio!

2º FUNCIONÁRIO
   Um conselho
           do Dr. Tolbókin:
   Cuidado com
           saliva de nicotina!
   Se você for atingido
           passe na hora
                   fenol diluído!

3º FUNCIONÁRIO
   A fera fazendo a refeição
                   será um espetáculo inesquecível
   se você der ao animal
                   álcool e nicotina!

O percevejo

4º FUNCIONÁRIO
    Dê vodca aos animais
                     em doses liberais!
    Logo eles ficam
           idiotas e anormais!

5º FUNCIONÁRIO
    Dê cigarros aos animais
                        a arteriosclerose está garantida!

6º FUNCIONÁRIO
    Dê a seus ouvidos
                a melhor proteção:
    estes fones filtram
                qualquer palavrão!

MESTRE DE CERIMÔNIAS (*abrindo caminho para a tribuna*)
    O Camarada Presidente do Soviete da Cidade e seus mais próximos colaboradores deixaram todos os seus deveres mais importantes para participarem de nossas festividades! Chegaram ao som do nosso antigo Hino do Estado! Bem-vindos, camaradas!

    (*Todos aplaudem. Um grupo de homens atravessa a cena carregando pastas. Eles saúdam solenemente e cantam*)

O GRUPO
        A carga dos nossos deveres
        não nos envelhece.
        Há tempo para trabalho,
        há tempo para festas.
        Valentes caçadores do Zoo,
        saudações do Conselho!
        Nós somos os pais da cidade
        e nos orgulhamos de vocês!

O PRESIDENTE *(sobe à tribuna e hasteia uma bandeira. Todos se calam)*
Camaradas, pelo presente eu declaro aberta a cerimônia! O tempo em que vivemos está repleto de profundos abalos e de preocupações internas. São raros os acontecimentos externos. Exausta dos acontecimentos, a humanidade agora descansa neste berço esplêndido de relativa paz e tranquilidade. Entretanto, a um espetáculo não renunciaremos nunca! Mesmo sendo extravagante na sua aparência, demonstra na sua profundidade um fundamental significado científico. Os melancólicos acontecimentos que abalaram nossa cidade foram causados pela permanência, imprudentemente tolerada, de dois parasitas. Estes lamentáveis acontecimentos somente foram sufocados por nosso esforço humano e coletivo e também pelo esforço da medicina mundial. Entretanto, estes incidentes, como pálidas recordações do passado, enfatizaram o horror daqueles dias e a intensidade e a firmeza da luta cultural travada pelos trabalhadores de todo o mundo.
Que os corações e almas da nossa juventude se fortaleçam vendo estes maus exemplos!
Quero deixar aqui os meus mais sinceros votos de agradecimento ao ilustre camarada diretor do nosso Zoológico, que conseguiu decifrar o significado destes estranhos acontecimentos, transformando este pavoroso fenômeno num divertido e instrutivo entretenimento.
Hurra!!!

(Toda a assistência grita: "Hurra!". A banda executa certa marcha enquanto o diretor sobe à tribuna e saúda todos os presentes)

O DIRETOR
Camaradas! Sinceramente confesso estar muito feliz e também muito confuso por vossa atenção. Quero exprimir os meus mais sinceros agradecimentos aos devotados trabalhadores da União dos Caçadores, estes sim foram os verdadeiros heróis desta captura! Também quero agradecer ao ilus-

tre professor do Instituto da Ressurreição Humana que venceu a morte pelo descongelamento. No entanto, não posso deixar de dizer que o erro fundamental do ilustre professor foi a causa indireta das catástrofes de que todos nós sabemos. Baseando-se em certas características miméticas externas como por exemplo a calosidade nas mãos, vestimentas etc., nosso ilustre professor, enganado, classificou o mamífero ressuscitado como *Homo sapiens*, pertencente à mais elevada das classes... a dos operários. Eu não atribuo o meu sucesso à minha longa experiência no que se refere ao tratamento dos animais, ou a meu profundo entendimento de sua psicologia. Não. Eu fui auxiliado pela sorte. Uma indefinida e subconsciente esperança sussurrava incessantemente em meus ouvidos: "Publique um anúncio nos jornais!". Foi o que eu fiz. Aqui está ele:

"De acordo com os altos princípios do Jardim Zoológico, procuro um corpo humano vivo que se disponha a ser constantemente picado por um inseto recentemente adquirido, para a manutenção, desenvolvimento e estabelecimento do referido inseto nas suas condições normais".

UMA VOZ NA MULTIDÃO
Oh! Que terrível!

O DIRETOR
Sim, eu sei, é terrível! Eu mesmo não tinha fé no sucesso de minha tão absurda ideia... E de repente uma criatura apresentou-se voluntariamente! A criatura parecia um ser humano, na aparência era igual a mim, a vocês...

O PRESIDENTE (*tocando um sino*)
Camarada Diretor, sou obrigado a chamá-lo à ordem!

O DIRETOR

Oh, perdão! Peço desculpas, peço desculpas. E assim, é claro, imediatamente concluí, baseado em interrogatórios e estudos de bestiologia comparada, que esta criatura fora um medonho simulador antropoide e que é o mais parasita de todos os insetos. Eu não quero entrar em detalhes já que brevemente todos os camaradas poderão vê-lo nesta jaula.

São dois os parasitas, diferentes no tamanho mas semelhantes quanto à espécie: um é o famoso *Percevejus normalis* e o outro é... o *Philistaeus vulgaris*. Ambos têm o mesmo *habitat*: os velhos colchões embolorados pelo tempo.

O *Percevejus normalis*, depois de sugar o sangue de um só homem, saciado, cai por debaixo da cama.

O *Philistaeus vulgaris*, depois de sugar o sangue de toda a humanidade, saciado, também cai por debaixo da cama. Esta é a única diferença!

Depois da Revolução, quando a massa trabalhadora se agitava e se debatia, livrando-se da sujeira que a recobria, estes parasitas se apropriavam desta sujeira, construindo nela seus ninhos e casas, espancando suas mulheres, invocando Babel e repousando na beatitude e no oportunismo. Entre os dois, o *Philistaeus vulgaris* é o mais terrível. Com a ajuda de seu monstruoso mimetismo, ele atrai suas vítimas, tomando a forma de uma cigarra que poetiza ou de um pássaro que sopraniza. Neste período até mesmo o seu traje se carrega de mimetismo, toma a figura de um pássaro: um colete pontudo, um rabo e um peitilho branco engomado. Estes pássaros faziam seus ninhos nos camarotes dos teatros, se deliciavam com as óperas, bocejavam com "A Internacional", transformavam Tolstói em Marx, e permitam-me a expressão, justificada pelo caráter científico desta exposição, produziam excrementos em quantidade demasiadamente grande, o que os diferenciava dos pássaros.

Camaradas, é melhor ver para crer!

(*Faz um sinal e os funcionários descobrem a jaula. Sobre um pedestal, o cofre de vidro onde está o percevejo. Atrás dele, sobre um tablado, uma enorme cama onde está Prissípkin com sua guitarra. De cima da jaula desce uma lâmpada de luz amarelada. Por cima da cabeça de Prissípkin, uma auréola brilhante de velhos cartões-postais dispostos em forma de leque. Garrafas estão espalhadas por toda a parte. Ao redor da jaula, escarradeiras. Nas laterais, filtros, renovadores de ar e uma série de avisos. Os avisos: 1) "Cuidado! Ele cospe!"; 2) "Não entre sem ser anunciado!"; 3) "Proteja seus ouvidos! Ele é vulgar!". A banda acaba de tocar. Fogos de artifício. A multidão, que havia se afastado, aos poucos se aproxima, muda de emoção*)

PRISSÍPKIN

    Para que procurar a felicidade?
    Eu sei onde ela está!
    Está lá
    na Rua Lunatchárski!...

O DIRETOR

    Camaradas! Cheguem mais perto! Não tenham medo, ele já foi domesticado! Cheguem mais perto, não se assustem. Dentro da jaula nós temos quatro filtros que retêm as palavras de baixo calão. Aqui fora chegam somente palavras estranhas, mas decentes. Os filtros são lavados cuidadosa e diariamente por funcionários cientificamente equipados. Olhem! Agora ele vai "fumar", como se dizia antigamente!

UMA VOZ NA MULTIDÃO

    Ah! É terrível!

O DIRETOR

    Não tenham medo. Agora ele vai "inspirar-se", como se dizia antigamente. Skrípkin... dê um gole!

(*Skrípkin estende a mão para uma garrafa de vodca*)

UMA VOZ NA MULTIDÃO
    Parem com isso! Não torturem mais o pobre animal!

O DIRETOR
    Camaradas, não há com que se preocupar, ele está domesticado. Atenção, agora vou levá-lo à tribuna! (*Vai até a jaula, calça luvas, pega um revólver, abre as grades, leva Prissípkin até a tribuna e o coloca defronte aos dignitários do palanque de honra*)
    Muito bem, agora diga qualquer coisa, mostre como você sabe imitar tão bem a expressão, a voz e a linguagem humana.

PRISSÍPKIN (*fica exatamente na posição onde foi colocado, obediente. Tosse, pega a guitarra e olha para a audiência. De repente sua expressão se transforma, seu rosto reflete arrebatamento. Empurra o diretor para fora da tribuna, atira a sua guitarra na audiência e grita*)
    Cidadãos! Meu povo! Meus irmãos! De onde vocês vieram? Vocês são tantos. Quando vocês foram descongelados? Por que eu estou sozinho na jaula? Meus amigos, meus irmãos! Venham comigo! Por que estou sofrendo tudo isso? Camaradas!...

VOZES DOS CONVIDADOS
    — As crianças!... Levem as crianças!
    — Ponham uma focinheira!... Amordacem!
    — Ah! É terrível!
    — Professor, pare com isso!
    — Não atire, por favor! Não atire!

    (*O diretor volta correndo para a tribuna, trazendo um ventilador e acompanhado por dois funcionários. Os funcionários arrastam Skrípkin. O diretor limpa o ar do ambiente. Enquanto a banda executa uma marcha, os funcionários cobrem a jaula*)

O DIRETOR

 Camaradas, eu peço desculpas... Peço desculpas... O inseto estava cansado. O barulho e os fogos de artifício provocaram nele um estado de alucinação. Por favor, tenham calma. Não aconteceu nada. Amanhã ele estará mais tranquilo... Por favor, calma, vocês poderão voltar amanhã. Maestro, música!

FIM

Sobre O percevejo[1]

Vladímir Maiakóvski

O percevejo é uma comédia fantástica em cinco atos e nove cenas.

Acho difícil considerar-me o autor desta comédia. O material elaborado e introduzido na comédia é um amontoado de fatos pequeno-burgueses, que me chegavam às mãos e à cabeça por todos os lados, durante todo o tempo de meu trabalho jornalístico e publicitário, principalmente no *Komsomolskaia Pravda*.[2] Esses fatos, insignificantes quando considerados separadamente, foram reagrupados e fundidos por mim nas duas figuras centrais da comédia: Prissípkin, que por uma questão de elegância mudou seu sobrenome para o de Pierre Skrípkin, um ex-operário e atualmente noivo, e Oleg Baian, um bajulador, talentoso por natureza, membro dos antigos proprietários.

O trabalho jornalístico tomou forma nesta minha comédia, que é publicitária, tendenciosa e dedicada a um problema.

O problema: o desmascaramento da burguesia atual.

Fiz todo o possível para diferenciar esta comédia do tipo habitual de coisas descritivas escritas anteriormente.

A principal dificuldade foi traduzir os fatos para a linguagem teatral da ação e do encantamento.

---

[1] Apresentação da peça pelo autor, escrita antes de sua estreia em 1929. Extraído de V. V. Maiakóvski, *Izbránie sotchiniénii*, Moscou, Khudojestvennaia Literatura, 1949. Tradução de Nivaldo dos Santos.

[2] Jornal do Komsomol (União da Juventude Comunista). (N. do T.)

A lista resumida das cenas é a seguinte:

1. Com o dinheiro da mãezinha Renaissance, Prissípkin e Baian compram presunto vermelho, garrafas com tampas vermelhas e todo o resto vermelho para um iminente casamento vermelho.

2. Num alojamento, os jovens discutem a fuga de Prissípkin das trincheiras de trabalho e depois do tiro da suicida Zoia Bieriózkina, amante de Prissípkin, expulsam o "noivo", que rompe com sua classe de forma barulhenta.

3.   O trem levava os convidados
      para o casamento vermelho...

É o casamento de Prissípkin e Elzevira Renaissance, manicure que antes cortava suas unhas.

4. Um incêndio extermina todos os personagens. Não resta nenhum entre os vivos. Entre os cadáveres, nota-se a falta de um que, pelo visto, fora consumido pelo fogo.
Conclusões:

    Camaradas e cidadãos,
                o álcool é um veneno!
Os bêbados
        podem facilmente
                queimar a República!
[...]
Incêndios são causados
                por sonhos mal-sonhados,
    por isso nunca leve
        para ler na cama
               Nadson e Járov![3]

---

[3] Referência aos poetas Siemion Nadson (1862-1887) e Aleksandr Járov (1904-1984). Ver notas às páginas 25 e 42. (N. do T.)

5. Passam-se cinco décadas de construção e luta pela cultura. Aquele cadáver não se consumira totalmente. Prissípkin foi encontrado intacto e congelado numa tina d'água dos bombeiros, em um antigo paiol. Uma votação mecânica de toda a federação decidiu ressuscitar Prissípkin.

> As últimas notícias sobre
> o mamífero
> descongelado
> que se alimenta de vodca

são as seguintes:

6. O mamífero foi descongelado juntamente com um belo e corpulento percevejo, modelo 1928, que rasteja pela parede.

Os automóveis e tudo mais da antiga Tambóv deixaram Prissípkin transtornado. Ele cai nos braços da suicida Zoia Bieriózkina, agora saudável, mas envelhecida cinquenta anos.

7. Um repórter fala sobre uma terrível epidemia que está contagiando a cidade. Os trabalhadores, que produzem a "cerveja" para aliviar Prissípkin das dificuldades de sua passagem para uma época de alta cultura, foram internados em massa, abatidos depois de terem experimentado, uma única vez e acidentalmente, o álcool. Até os cachorros da casa onde está vivendo Prissípkin foram contaminados pelos micróbios da bajulação; eles não latem nem correm, ficam apenas andando sobre as patas traseiras.

Sobre as moças é melhor nem falar: elas estão sofrendo ataques de paixonite romântica.

Pela cidade está ocorrendo uma caçada a um inseto desconhecido, o *Percevejus normalis*, descoberto casualmente na forma de um ponto negro em uma parede branca e que, depois de longas tentativas, foi colocado no cofre do diretor do Jardim Zoológico.

8. Todas as tentativas de transformar Prissípkin num homem do futuro foram em vão. Os médicos desistiram daquela criatura que exala um cheiro de álcool. A própria criatura, acostumada a uma vida embebida em vodca, abomina a pureza do vidro. A criatura protesta contra o fato de a terem descongelado para deixá-la ressecada. A criatura deixa de lado os divertimentos que lhe são oferecidos, como o livro *Cartas do exílio*, de Mussolini. A criatura, que havia entrado em desespero, só foi levada a um sentimento de alegria pela leitura de um anúncio do Zoológico, que procura um ser de aparência humana para receber picadas diárias e manter em condições normais um inseto recém-adquirido.

E Bieriózkina fica até admirada pelo fato de, cinquenta anos antes, quase ter morrido por causa dessa porcaria.

9. A cidade correu para a inauguração do Jardim Zoológico. Depois de divulgadas as peripécias da caçada e da luta, abre-se a jaula dos dois seres expostos: o *Percevejus normalis* e Prissípkin, que por pouco não fora tomado por um *Homo sapiens*, ou mesmo por um operário, devido a sua aparência superior, mas que, de acordo com a análise de sinais miméticos, revelou-se não um homem, e sim um *Philistaeus vulgaris*.

O diretor do Zoológico faz a apresentação da criatura aos pais da cidade ali reunidos, e Prissípkin, pronto para mostrar seus truques — as maneiras e a fala de aparência humana —, detém de repente o olhar na sala de espetáculos e, atônito de alegria e revoltado pelo confinamento solitário, chama para a jaula os espectadores, que teriam sido descongelados não se sabe quando e que se pareciam com ele próprio tal como duas gotas d'água.

O delirante Prissípkin, obviamente, é empurrado para a jaula, e os espectadores dispersam suas últimas frases com ventiladores.

"Maestro, música!"

Esta é a trama da ação.

A peça (ela é também uma revista) está escrita. O primeiro contato da peça com os espectadores, com aqueles que vão realizá-la, foi favorável a ela. Aqueles para quem a peça foi escrita deram o seu "está bom". Isto de modo algum significa que a peça seja digna de louvores. Peças não são obras-primas. A peça é uma arma de nossa luta. É preciso aperfeiçoá-la e poli-la através da grande coletividade.

Nós conduziremos a peça até sua apresentação por um grande número de reuniões do Komsomol e, se necessário for, vamos introduzir mudanças no texto e na situação.

Mas mesmo que a peça esteja bem polida e limpa, ela é apenas um dos componentes.

O poder de influência da comédia sobre o espectador pode ser decuplicado (e também aniquilado) pelos atores, realizadores, operários de cena, músicos etc.

Mas, claro, o principal depende do quanto o diretor irá se empenhar. Estou certo de que se empenhará bastante.

Vladímir Vladímirovitch Maiakóvski (1893-1930)

Um texto decisivo[1]

Boris Schnaiderman

O *percevejo* é certamente o ápice da obra de Maiakóvski dramaturgo. Segundo a perspectiva histórica de hoje, seu texto corresponde, creio eu, a uma tomada de consciência sobre o momento vivido então pela Rússia, com a consolidação do sistema stalinista e a eliminação de quaisquer vozes divergentes. O poeta se considerava um fiel seguidor do partido e, embora não tivesse ingressado nas fileiras, toda a sua obra está marcada por esta atitude. Cinema, teatro, jornalismo, publicidade, programas radiofônicos, elaboração de cartazes, que englobava o desenho e as legendas, tudo era visto por ele como outras tantas formas de sua atuação poética. Ele só não transigia, porém, quanto à posição que assumira em defesa da "arte de esquerda", como se dizia então na Rússia em relação à arte moderna. Mas isto era o suficiente para criar uma situação de atrito permanente, pois a direção partidária estava imbuída de uma visão tradicional da arte e queria que tudo fosse expresso de modo simples e claro, que induzisse o povo à luta pelo comunismo.

Num primeiro momento, Maiakóvski pretendia certamente criar com esta peça mais um de seus textos que se voltavam contra a tendência, comum então entre os jovens, de exaltar Sierguéi Iessiênin, não só como poeta, mas sobretudo

---

[1] Este posfácio é uma reelaboração de meu artigo "O percevejo, Luís Antonio, Maiakóvski", publicado na *Folha de S. Paulo* em 29 de janeiro de 1988, pouco após o assassinato de Luís Antonio Martinez Corrêa.

como o grande boêmio que ele foi, completamente entregue à bebida nos últimos tempos de vida, chegando a ser recolhido na sarjeta.

Tendo mantido uma postura irônica em relação a Iessiênin como poeta da Rússia rural, e manifestado um franco repúdio quando ele se tornara o cantor da vida boêmia e passara a exercer forte influência sobre os jovens, Maiakóvski era realmente a pessoa mais indicada para este papel. Mas, depois que Iessiênin se suicidou de modo tão espetacular e dramático (isto é, cortando os pulsos, escrevendo com sangue o seu famoso poema de despedida e enforcando-se em seguida nos tubos de calefação do hotel Inglaterra em Leningrado),[2] Maiakóvski assumiu uma atitude de profunda compreensão humana e voltou-se contra os que interpretavam aquele gesto de modo imediatista e superficial, num completo desrespeito à grande tragédia humana que havia por trás de tudo aquilo. Aliás, foi então que escreveu o poema "A Sierguéi Iessiênin", onde consta o famoso verso que soa com tanta força em português na tradução de Haroldo de Campos: "Melhor/ morrer de vodca/ que de tédio!",[3] e que aparece em nosso país copiado e recopiado em blusas e camisetas.

No entanto, os jovens ficavam fascinados com a figura do poeta-suicida e, mais uma vez, Maiakóvski se voltou contra aquela influência nefasta. Assim, depois de tratar da morte de Iessiênin com toda a dignidade no poema já referido, ele escreveu em 1927-28 o roteiro do filme "Esqueça a lareira" (neste caso, a lareira simbolizava a vida patriarcal, arcaica, com as longas noites junto do fogo, no aconchego e comu-

[2] O poema ("Até logo, até logo, companheiro") foi traduzido para o português por Augusto de Campos e está publicado em dois livros de Augusto de Campos, Haroldo de Campos e Boris Schnaiderman: *Maiakóvski: poemas* (São Paulo, Perspectiva, 2003, 7ª edição, p. 108) e *Poesia russa moderna* (São Paulo, Perspectiva, 2001, 6ª edição, p. 316).

[3] Ver Augusto de Campos, Haroldo de Campos e Boris Schnaiderman, *Maiakóvski: poemas*, p. 111.

A equipe de produção de O *percevejo*, reunida em 1929: de pé, Maiakóvski e o artista plástico Aleksandr Ródtchenko (autor dos cenários e figurinos da segunda parte da peça); sentados, o jovem Dmitri Shostakóvitch (compositor da trilha sonora) e o diretor Vsiévolod Meyerhold.

nhão entre as pessoas nas longas noites de inverno), e que nunca foi realizado. É interessante confrontar esse roteiro com O *percevejo*, o que permite avaliar a verdadeira explosão que foi para Maiakóvski a realização da peça, embora o roteiro em questão seja um dos textos para cinema que revelam a grande capacidade do poeta como roteirista.

Evidentemente, o beberrão e seresteiro Prissípkin, que Maiakóvski pretendia apresentar ao público em sua peça, deveria ser o tipo negativo a ultrapassar e execrar, mas, com o desenrolar da ação, ele assume a envergadura de uma grande figura trágica. Tal como no caso de Os *demônios* de Dostoiévski, o autor tinha em mente determinado fim didático e político, mas a obra foi mais longe e superou em muito o projeto inicial.

Um texto decisivo

A primeira cena de O *percevejo*, na encenação de 1929, reunindo, à frente da loja de departamentos, os personagens Oleg Baian, Rosália Pávlovna, Prissípkin (interpretado por Ígor Ilínski) e a vendedora de sutiãs.

Aparecem nesse texto os elementos típicos do teatro de Maiakóvski: o espetacular, o circense, o sarcasmo feroz, neste caso dirigido contra o aburguesamento e a kitschização suscitados pela NEP, isto é, a Nova Política Econômica, e contra o ambiente que se criara, marcado pelo consumismo desenfreado.

Está bem no espírito dos cortes abruptos e violentos de sua obra o transporte da ação para cinquenta anos depois, com o comunismo instaurado no mundo inteiro. Mas, como parece insosso, sem graça, aquele mundo recém-criado! Um mundo sem canções, sem poesia, onde aquele seresteiro ressuscitado graças aos avanços da medicina tornava-se um elemento de subversão.

Na realidade, tem-se aí um ajuste de contas do poeta com o que sempre defendera: o combate à boemia, a defesa

O final de O *percevejo*, com os cenários e figurinos futuristas de Ródtchenko, onde Prissípkin — ressuscitado após cinquenta anos — é apresentado ao público numa jaula de zoológico.

da água fervida como medida de higienização[4] etc. E a simpatia do espectador ou do leitor volta-se inevitavelmente para aquele homem ressuscitado e que, no mundo asséptico criado com a socialização global, só tinha lugar no Jardim Zoológico, ao lado do percevejo, seu companheiro de ressuscitamento. Logo o percevejo, a praga terrível dos anos da Revolução, quando as condições precárias em que vivia a população facilitaram a proliferação desse parasita, perigoso transmissor de doenças, que foi então objeto de grandes campanhas de saneamento!

[4] Maiakóvski chegou a escrever versos de propaganda sanitária, e a isso fez referência em seu poema "A plenos pulmões", redigido em dezembro de 1929 e janeiro de 1930. Na tradução de Haroldo de Campos: "[...] outrora/ um férvido cantor/ a água sem fervura/ combateu com fervor" (*Poesia russa moderna*, op. cit., p. 287).

O *percevejo* no Brasil

Esta peça apareceu em nossos palcos graças à obstinação e competência de Luís Antonio Martinez Corrêa, cuja morte trágica jamais esquecemos.

Tive diversos encontros com ele em São Paulo, por ocasião dos preparativos para a encenação da peça no Rio de Janeiro, no Teatro Dulcina, em junho de 1981.

Procurou-me na fase final dos estudos preliminares que o grupo dirigido por ele efetuou sobre a obra e seu contexto histórico. Na verdade, esses estudos vinham de longa data, pois chegara a ensaiá-la em São Paulo em 1974, durante dois meses, mas tivera que desistir, pois o espetáculo fora proibido pela censura.

Com a teimosia dos verdadeiros realizadores, voltou à carga logo que o ambiente se desanuviou. Procurou-me então e mostrou-me o texto da tradução que havia realizado por via indireta e pediu-me uma revisão na base do original russo. Expliquei-lhe que só iria tratar da fidelidade semântica e da fidelidade de tom linha a linha, pois ele como realizador teatral era quem podia julgar da propriedade da linguagem utilizada, em função do espetáculo a realizar e dos possíveis cortes ou acréscimos. Por ocasião do cotejo que efetuamos, fiz umas poucas correções e o texto me pareceu bem traduzido, com alguns achados excelentes na transposição para o português.

Embora nos nossos encontros eu sempre sublinhasse o meu papel bastante secundário, logo surgiu uma grande dúvida. Como se sabe, Maiakóvski sempre afirmou que os textos teatrais envelhecem, tornam-se inadequados, cabendo ao encenador vivificá-los.[5] Somente assim os clássicos perde-

---

[5] Ver os textos de Maiakóvski incluídos sob a rubrica "A poética do teatro", no livro *A poética de Maiakóvski através da sua prosa*, de Boris Schnaiderman (São Paulo, Perspectiva, 1971, pp. 243-60).

riam o ranço museológico, inerente a toda encenação muito presa ao texto. Por conseguinte, qualquer encenação de um texto de Maiakóvski deveria levar em conta esta posição de princípio.

Tendo estudado muito a obra deste em traduções para diversas línguas, Luís Antonio estava cônscio da liberdade a que ela o obrigava. E, realmente, soube utilizá-la muito bem. Conforme pude constatar por ocasião do espetáculo — mas dava já para intuir a partir do texto em português —, ele conseguiu uma fusão muito boa de realidade russa e realidade brasileira, graças em grande parte ao recurso a projeções de cenas filmadas. Além disso, o texto da peça era entremeado de outros trechos de obras de Maiakóvski e de citações de passagens de sua biografia, inclusive o suicídio.

Até aí, tudo muito bem, não havia nada que discrepasse do espírito da peça. Mas a minha grande dúvida, como leitor e como espectador, surgiu com a cena final escrita por Maiakóvski, que a meu ver marca, com seu dramatismo, toda essa obra: graças a este final, a sátira se transforma em tragédia e se torna uma antevisão da catástrofe que a Rússia viveria; ou melhor, ela capta a tragédia que já estava sendo vivida, sem que a maioria das pessoas a percebesse. O final patético e abrupto, com o personagem central encerrado no Jardim Zoológico, e aquele seu discurso desesperado constituem uma grande virada na obra de Maiakóvski, com ele o poeta expressa todo o horror dos acontecimentos históricos que estavam no ar. Basta comparar este final com o triunfalismo do *Mistério-bufo* e de outros escritos utópicos do poeta nos primeiros anos após a Revolução.

Na realidade, toda a peça converge para ele. Pouquíssimas obras da literatura mundial fazem, de modo tão perfeito, eco à famosa afirmação de Edgar Allan Poe em sua "Filosofia da composição": "Nada é mais evidente que o fato de que todo argumento merecedor deste nome deve ser elaborado para o seu *dénouement* [desenlace] antes que algo seja ten-

A equipe que trabalhou na adaptação do texto de Maiakóvski para os palcos brasileiros: de pé, Maurício Arraes, Guel Arraes, Dedé Veloso e Ney Costa Santos; sentados, o diretor Luís Antonio Martinez Corrêa, Fernando Horcades e João Carlos Motta.

tado com a pena. É somente com o *dénouement* constantemente em vista que podemos dar a um argumento seu indispensável ar de consequência, ou causação, fazendo com que os incidentes, e especialmente o tom em todos os pontos, tendam para o desenvolvimento da intenção".

Pois bem, embora Luís Antonio tenha traduzido admiravelmente o final da peça, com o discurso patético do *Philistaeus vulgaris*, depois do seu gesto arrebatado de lançar o violão contra o público (que bela antecipação do famoso gesto de Sérgio Ricardo em São Paulo, durante o Festival da TV Record de 1967!), na adaptação final da peça, que foi elaborada por uma parte do elenco de estreia, a quatorze mãos, a cena patética foi acrescida de um poema bonito, mas que introduz uma nota de esperança e fé, algo que destoa completamente do espírito de O *percevejo*, peça escrita evidentemente num dos períodos de depressão que precederam o suicídio de Maiakóvski.

Luís Antonio me havia trazido duas versões muito bem datilografadas e encadernadas, isto é, a sua tradução e a adaptação efetuada. Eu já trabalhara com elas e manifestei a minha completa discordância em relação ao final da segunda. Discordância categórica, mas sempre com a ressalva de que a decisão evidentemente cabia a ele como diretor. Argumentou-me em resposta que em princípio concordava comigo, mas em vista de nosso ambiente político, quando estávamos saindo da ditadura, não seria justo jogar sobre o público aquela amargura de Maiakóvski nos meses finais de vida. Ademais, o próprio poeta só admitia a existência de um texto em função do público, e sempre visando uma ação política.

Tive de me calar, mas, quando pensava no assunto, aquele final da segunda versão sempre me causava mal-estar. Pois vejo a peça como a súmula de toda a obra-vida de Maiakóvski, e o sombrio e patético daquele final me pareciam corresponder ao próprio suicídio.

O texto da peça liga-se, na realidade, a tudo o que ele produzira. Assim, os pregões dos vendedores ambulantes (vendedores particulares, frisa o poeta), em sua admirável concisão, expressam a sua experiência com as quadrinhas para cartazes de propaganda política e, mesmo, de publicidade estatal dos mais diversos produtos (causara escândalo um anúncio de chupetas que elaborou, mas o poeta insistiu em que era poesia "da mais alta qualificação"[6]). A vulgaridade do con-

---

[6] Ver a autobiografia de Maiakóvski, "Eu mesmo", em Augusto de Campos, Haroldo de Campos e Boris Schnaiderman, *Maiakóvski: poemas* (*op. cit.*, p. 48).

sumismo surgido com a NEP já fora atacada por ele em muitas ocasiões. E não era a primeira vez que se referia à possibilidade de ressurreição de seres humanos, graças a um procedimento científico — uma de suas grandes obsessões.

Na realidade, todos esses elementos se fundem neste texto que parece ser a mensagem final do poeta em desespero.

Tenho certeza de que, se Luís Antonio tivesse vivido mais, acabaria produzindo uma nova versão, desta vez sem o acréscimo de uma nota otimista no final. Aquele "amaciamento" resultava do clima sinistro que havíamos vivido no Brasil, mas, passados os anos, haveria necessidade de conservar o que foi então acrescentado?

A PRIMEIRA ENCENAÇÃO

Eu estava ansioso de ver como o seu trabalho e da sua equipe funcionaria no palco. Conforme já escrevi, a estreia no Rio de Janeiro teve lugar em junho de 1981. Cerca de um mês depois, Luís Antonio me convidou a participar de um debate no final do espetáculo destinado a recordar o aniversário do poeta. Foi então que assisti à encenação pela primeira vez.

Devo dizer, em primeiro lugar, que o espetáculo realmente me impressionou. Não havia como deixar de se comover com aquela tentativa honesta de trazer Maiakóvski vivo e exuberante para o contato com o nosso público. Evidentemente, o diretor e os atores fizeram tudo para comunicar a beleza do texto. A crítica teatral, na época, destacou particularmente o trabalho de Hélio Eichbauer com a cenografia e os figurinos, e que de fato foi notável. Tudo isto resultou num visual muito bonito, que se harmonizava plenamente com a projeção de algumas cenas filmadas.

Lembro-me de que o trabalho dos atores era bastante desigual, mas felizmente a figura central, Prissípkin, em torno

Prissípkin (Cacá Rosset), Rosália Pávlovna (Thelma Reston) e Elzevira Renaissance (Marga Abi Ramia) em um dos entreatos cinematográficos criados para a montagem brasileira de *O percevejo*, em 1981.

de quem gira praticamente todo o espetáculo, foi interpretada por Cacá Rosset, que soube representar admiravelmente aquele tipo aproveitador e boa-vida, que se transforma numa grande personagem trágica.

Certos defeitos da montagem eram por demais evidentes. Havia cartazes colocados no palco, com informações sobre a época em que transcorre a ação, mas as letras não eram suficientemente graúdas para que todos as vissem. E a movimentação das figuras frequentemente as escondia do público.

Mas havia algo errado com o próprio ritmo da ação. O texto é vivo, impetuoso, quase diria, torrencial. Luís Antonio conseguira em determinadas passagens transmitir isto, mas em outras partes, um excesso de explicações funcionava como uma espécie de freio. Tinha-se a impressão de que algo da postura didática e refletida de Brecht irrompia no mundo transbordante de Maiakóvski.

E mais uma vez, na minha apreensão do espetáculo, surgiu o problema com o final da peça.

Para começar, além do trecho de poema acrescentado, havia uma cena visual muito bonita. O poema era cantado por Caetano Veloso e o público ouvia uma fita gravada. Tive então uma grande surpresa. Eu tinha comparado com o original o texto da tradução por um dos membros da equipe. Ela me pareceu canhestra, embora semanticamente correta. Mas, na voz de Caetano, tudo se transfigurava e surgia uma das belas canções da MPB, "O amor", conhecida por aquele refrão lancinante, o pedido de Maiakóvski a um cientista do futuro: "Ressuscita-me".[7]

Na tradução cantada por Caetano, o poeta conclui fazendo votos para que

> "[...] a família se transforme,
> E o pai seja, pelo menos, o Universo
> E a mãe seja, no mínimo, a Terra".

Assim impresso, o texto me parece uma aberração, comparado com a força poética do original. Mas na voz de Caetano, tudo se torna tocante.

---

[7] Ney Costa Santos assina a música com Caetano Veloso. A letra provém do epílogo do longo poema "Sobre isto" (1923), de Maiakóvski. A propósito destes versos e sua relação com *O percevejo*, ver Roman Jakobson, *A geração que esbanjou seus poetas*, São Paulo, Cosac Naify, 2006, p. 30. (N. da E.)

E o final da peça tinha um toque ainda mais triunfal. Apareciam no palco dois acrobatas (estou citando de memória), um girando em torno do outro e, a seguir, uma projeção rápida de filme.

Se alguém me dissesse de antemão que isto ocorreria, eu certamente iria responder: "Mas como é possível acrescentar àquela rispidez trágica do final de Maiakóvski algo tão banal?". No entanto, a magia do teatro, o poder da imagem, foram mais fortes. E eu me lembro que fiquei profundamente emocionado, apesar de todo o meu desacordo com aquela solução.

O DEBATE

Na mesma noite, seguiu-se um debate esquisitíssimo, ou melhor, nem chegou a haver debate. A mesa foi presidida por Antônio Houaiss, e os participantes não podiam ser mais heterogêneos. Éramos, da direita para a esquerda: Luís Carlos Prestes, José Celso Martinez Corrêa, o presidente da mesa, eu, Caetano e Susana de Moraes.

Abrindo a sessão, Houaiss teve palavras de carinho para a presença de Prestes e pediu aos participantes que não travassem discussão entre si, mas apenas dessem a impressão que tiveram do espetáculo. Como se isso fosse possível! Afinal, uma noite dessas só tem sentido quando se expressa a diversidade de opiniões, de visões do mundo, de concepções sobre o que seja um espetáculo de verdade.

Ademais, percebia-se uma sensação de mal-estar no público. Alguns aplaudiam a presença de Prestes, outros pareciam incomodados, mas não chegavam a manifestar sua opinião. Depois que Houaiss fez aquele pedido, houve quem se levantasse e abandonasse a sala.

Prestes fez uma exaltação da figura de Maiakóvski, como poeta da Revolução, e tratou da Rússia na década de 20, com ênfase nas grandes realizações e particularmente nos planos quinquenais. E a prova, para ele, de que o poeta cantava em uníssono com o sistema vigente era aquele final belíssimo, com a união de universo e Terra. Já em relação ao suicídio, acrescentou, tratava-se de um problema pessoal e íntimo.

José Celso fez algumas observações muito pertinentes sobre o espetáculo. Expressando uma simpatia calorosa pelo trabalho do irmão, deteve-se também em alguns detalhes da realização. Particularmente, lembro-me, mostrou com gestos e com o corpo todo que os atores deveriam empregar movimentos mais soltos e que tudo aquilo tinha a ver com o fato de termos vivido tantos anos sob o peso da repressão.

Quando chegou a minha vez, concentrei-me totalmente no problema do suicídio de Maiakóvski. Estava revoltado com o simplismo de Prestes e ansioso de colocar o problema do modo que me parecia mais correto, isto é, levando em conta a complexidade daquele fato biográfico e a sua relação com a realidade da época.

Tão entretido fiquei com este propósito, que deixei passar algo muito importante: teria sido absolutamente indispensável explicar que o final referido por Prestes (os dois acrobatas girando no espaço) era um acréscimo e nada tinha a ver com o texto da peça. Vários amigos me observaram isto depois, mas já era tarde. Em minha memória, gravou-se particularmente o semblante indignado de Sebastião Uchoa Leite.

Aliás, todo o debate deve ter deixado insatisfeitos tanto os participantes como o público.

Caetano teve então uma saída realmente teatral. Expressou o seu entusiasmo por estar ali e chegou a dizer, conforme estou lembrado: "Vou logo telefonar a meu pai, em Santo Amaro da Purificação, e dizer que acabo de estar aqui, ao lado de Luís Carlos Prestes, que ele tanto admira!". E acrescentou: "Também eu não paro de admirá-lo e de me admirar: como é possível ele falar com tanta certeza sobre assun-

Debate realizado após a apresentação de
O percevejo no Rio de Janeiro, em julho de 1981.
A mesa foi formada por Susana de Moraes (ao fundo),
Caetano Veloso, Boris Schnaiderman, Antônio Houaiss,
Zé Celso (atrás) e Luís Carlos Prestes.

tos que nos deixam afundados em dúvidas?". Onde estava a admiração sincera e onde uma ironia profunda? Creio que ambas estavam completamente misturadas.

Finalmente, Susana de Moraes falou curto e certo sobre a identidade que via entre a obra de Maiakóvski e seu suicídio. Este na realidade seria a continuação daquela.

Devido ao adiantado da hora, não pôde haver debate com o público. Apenas, nos intervalos entre algumas falas, um indivíduo aparentemente desequilibrado pedia a palavra para dizer bobagens, mas a situação foi resolvida com muito tato por Houaiss.

Antes de voltar a São Paulo, combinei um encontro com Luís Antonio, mas houve um impedimento, e eu lhe deixei por escrito minhas observações sobre o espetáculo. Tratava ali de muita coisa, e não me referia ao problema da cena final, pois a minha posição em relação a isto ficara bem clara nas conversas anteriores.

Tive notícia de prêmios que o espetáculo recebeu e de uma viagem da equipe de Luís Antonio à França, onde ele apresentou O *percevejo* em Lyon, Paris e no Festival Internacional Experimental de Caen. Parece incrível: Maiakóvski em português, por atores brasileiros, aplaudido por um público francês que não conhecia uma palavra de português!

O PERCEVEJO EM SÃO PAULO

Depois de tantas façanhas, era inevitável O *percevejo* vir a São Paulo, e isto de fato aconteceu no Teatro SESC-Pompeia, em 1983.

O novo espetáculo evidenciava claramente que o diretor havia refletido seriamente sobre ele. O ritmo se tornara mais rápido, desaparecera aquela minúcia nas explicações (eu não fora o único a chamar atenção para elas), os atores pareciam adequar-se melhor aos papéis. E, mais uma vez, tinha-se a presença vigorosa de Cacá Rosset, desta vez contracenando com uma atriz de muita presença, Maria Alice Vergueiro, no papel de Rosália Pávlovna Renaissance, a proprietária do salão de cabeleireiro e mãe da noiva.

Mas, pelo menos numa cena, o espetáculo de São Paulo levava desvantagem em relação ao do Rio de Janeiro. Neste, a festa do casamento era tumultuosa, barulhenta, com aspectos grotescos, e muito bonita. Já em São Paulo, este grotesco foi levado ao máximo. Havia um acréscimo excelente: num dado momento, a sogra tirava o seio e dava de mamar a Prissípkin. Este arroubo inesperado parecia realmente um achado do diretor. Mas ele não parou aí: a cena foi alongada e os atores ficaram fazendo muitos trejeitos, com alusões sexuais, e isto sobrecarregava o espetáculo com efeitos que já se banalizaram em nossos palcos. Esta minha impressão foi partilhada, aliás, por muitos que assistiram ao espetáculo.

Infelizmente, depois disso, perdi contato com Luís Antonio. Ficou-me, no entanto, a lembrança, agora dolorida, desse homem de teatro apaixonado e estudioso, sempre pronto a estimular o trabalho alheio, e que tanta falta nos faz nesses dias de escassez de grandes figuras.

São Paulo, janeiro de 2009

Cronologia de Maiakóvski[1]

Boris Schnaiderman

1893   Vladímir Vladímirovitch Maiakóvski nasce na aldeia de Bagdádi, nos arredores de Kutaíssi (hoje Maiakóvski), na Geórgia, filho do inspetor florestal Vladímir Constantínovitch Maiakóvski e de Aleksandra Aleksiéievna.

1902   Adoece gravemente de tifo. Segundo reminiscências de sua mãe, A. A. Maiakóvskaia,[2] foi então que ele se tornou um defensor ardoroso da água fervida.

1904   Conclui o ginásio em Kutaíssi, para onde se transferiu a família. É um leitor apaixonado de romances de aventuras. Começa a estudar desenho e pintura.

1905   Lê discursos, jornais e folhetos socialistas. Participa de manifestações que são o reflexo local da Revolução de 1905.

1906   Morte do pai de Maiakóvski. A família transfere-se para Moscou, em condições de extrema penúria. O menino é matriculado no quarto ano de um ginásio moscovita, onde estuda mal. Continua suas leituras socialistas. Escreveria

---

[1] Publicada originalmente em Augusto de Campos, Haroldo de Campos e Boris Schnaiderman, *Maiakóvski: poemas*, Rio de Janeiro, Tempo Brasileiro, 1967, pp. 33-43. Uma versão ampliada deste livro, com o mesmo título, foi publicada pela editora Perspectiva em 1982 (atualmente na 7ª edição), com o texto autobiográfico de Maiakóvski, "Eu mesmo", substituindo a cronologia.

[2] "Dietstvo i iunost Vladimira Maiakóvskovo" (Infância e juventude de Vladímir Maiakóvski), em N. V. Reformátskaia, *Maiakóvski v vospominániakh sovriemiênikov* (Maiakóvski nas recordações de seus contemporâneos), Moscou, Goslitizdat (Editora Estatal de Literatura), 1963.

mais tarde na autobiografia "Eu mesmo",[3] lembrando aqueles dias: "Eu simplesmente não aceitava a literatura. Filosofia. Hegel. Ciências naturais. Mas sobretudo o marxismo. Não existe obra de arte que me tenha entusiasmado mais que o 'Prefácio' de Marx".[4]

1908 Abandona o ginásio e ingressa no Partido Operário Social-Democrata Russo, ligando-se à sua ala bolchevique. Executa algumas tarefas, como propagandista nos meios operários. Em março, é preso numa tipografia clandestina. Pouco depois, é solto sob fiança. No outono, ingressa numa escola de Artes e Ofícios.

1909 Segunda prisão, seguida de uma terceira, desta vez como participante num plano de evasão de mulheres presas.

1910 O encarceramento se prolonga, e o jovem completa onze meses na prisão de Butirki. Ali se atira a uma leitura febril de romances e da poesia russa da época, sobretudo da escola simbolista. Faz versos. "Obrigado aos guardas: ao soltar-me, tiraram aquilo. Senão, era capaz de publicar!" Saindo da prisão, abandona o ginásio. Dedica-se novamente à pintura, desta vez num estúdio. "Fiquei pintando serviços de chá prateados, em companhia de não sei que damazinhas. Depois de um ano percebi: estava estudando prendas domésticas."

1911 Torna-se aluno do pintor P. I. Kélin, cuja arte realista elogiaria mais tarde. Ingressa na Escola de Pintura, Escultura e Arquitetura, "o único lugar onde me aceitaram sem exigir atestado de bons antecedentes". "Fiquei espantado: protegiam-se os imitadores e perseguiam-se os independentes.

---

[3] "Iam sam", em *Pólnoie sobránie sotchiniénii* (Obras completas de Maiakóvski), edição da Academia de Ciências da U.R.S.S. em 13 volumes, 1955-61, vol. 1. Texto traduzido por Boris Schnaiderman e publicado em seu livro *A poética de Maiakóvski através de sua prosa* (São Paulo, Perspectiva, 1971, pp. 83-112).

[4] Prefácio à *Crítica da economia política* (1859), de Karl Marx. Foram extraídas do texto autobiográfico de Maiakóvski, "Eu mesmo", as demais citações que aqui aparecem sem indicação de fonte.

Lariônov,[5] Máchkov. O instinto revolucionário me colocou do lado dos que eram expulsos." Na escola torna-se amigo de seu colega, o pintor e poeta David Burliuk. O próprio Maiakóvski se referiria depois à amizade entre ambos, com alguma ironia, como ponto de partida do futurismo russo. "É com um amor de todos os momentos que penso em David. Um amigo magnífico. Meu verdadeiro mestre. Burliuk me fez poeta. Lia-me franceses e alemães. Empurrava-me livros. Andando, falava sem parar. Não me soltava um instante sequer. Dava cinquenta copeques por dia. Para que escrevesse sem passar fome."

1912 O poema "Noite" se torna seu primeiro texto publicado. Participa do grupo dos cubofuturistas que publica "Bofetada no gosto público", manifesto assinado por Maiakóvski, Burliuk, A. Krutchônikh e V. Khliébnikov. Maiakóvski toma parte em discussões públicas, leituras de poemas e outras atividades no gênero, que marcaram a deflagração do movimento futurista russo.

1913 Violentas polêmicas. Maiakóvski assume atitudes de desafio e usa a famosa blusa amarela. Publica o artigo "Teatro, cinema, futurismo", com ataques ao realismo da época. Apresentação da tragédia *Vladímir Maiakóvski*, que rompe totalmente as convenções teatrais em voga e resulta em tremenda assuada.

1914 Maiakóvski e Burliuk são convidados pela diretoria da Escola de Pintura, Escultura e Arquitetura a abandonar a violenta campanha de agitação a favor do futurismo. Em consequência da recusa, expulsam-nos do estabelecimento. Viagens pela Rússia em companhia dos demais cubofuturistas, aos quais se uniu o poeta V. V. Kamiênski. Deflagrada a Primeira Guerra Mundial, Maiakóvski passa por um momento de entusiasmo patriótico. Depois, predomina a re-

---

[5] Mikhail Lariônov, pintor russo, fundador do movimento pictórico denominado "raionismo"; considerado geralmente um dos pioneiros da pintura abstrata.

pugnância pela carnificina, conforme se constata pelos versos, pela autobiografia e por outros escritos. Mas, "para falar da guerra, é preciso tê-la visto". Apresenta-se como voluntário, sendo recusado por suspeição política. É característico desse período o poema "A mãe e o crepúsculo morto pelos alemães".

1915 Passa algum tempo em Kuokala, no Golfo da Finlândia, local de veraneio de artistas e escritores. Ali continua a escrever o poema "Uma nuvem de calças". Faz uma visita a Górki. "M. Górki. Li para ele partes da 'Nuvem'. Num repente de sensibilidade, cobriu-me de lágrimas todo o colete. Comovera-o com os meus versos. Fiquei um tanto orgulhoso. Pouco depois, tornou-se claro que ele chorava em todo colete de poeta. Assim mesmo, guardei o colete. Posso cedê-lo a algum museu de província." Depois da estada em Kuokala, estabelece-se em Petrogrado (novo nome de Petersburgo). Conhece o estudioso de literatura Óssip Brik, cuja mulher, Lília Brik, torna-se o grande amor de Maiakóvski. Conclui os poemas "Uma nuvem de calças" e "A flauta vértebra". Submetido à censura, o primeiro desses poemas sai com "umas seis páginas cobertas de pontos". Convocado para as fileiras em outubro, desta vez não quer ir para a linha de frente e se faz passar por desenhista, a fim de não sair de Petrogrado. Assiste a aulas noturnas sobre desenho de automóveis. Sua condição de convocado dificulta a atividade literária, pois os soldados são proibidos de publicar.

1916 Colabora na revista *Liétopis* (Anais), dirigida por Górki, de tendência pacifista. Conclui os poemas "A guerra e o mundo" e "O homem".

1917 Deflagrada a Revolução de Fevereiro (27 de fevereiro; 12 de março pelo Calendário Gregoriano, introduzido depois de Outubro), toma parte ativa nos acontecimentos e assume por alguns dias o comando da Escola de Motoristas. Nos meses do governo de Kêrenski, sua posição política assemelha-se à dos bolcheviques. A exemplo dos demais membros do grupo cubo-futurista, aceita plenamente a Revolução de

Outubro. "A minha revolução. Fui ao Smólni.[6] Trabalhei. Fiz tudo que vinha às mãos."

1918 Escreve "Ode à Revolução", "Marcha de esquerda" e outros poemas revolucionários. Desempenha o papel principal em diversos filmes (muitos contemporâneos exaltaram seus dotes como ator) e escreve argumentos para cinema. Em 25 de outubro, é montada em Petrogrado, em comemoração do aniversário da Revolução de Outubro, a peça de Maiakóvski *Mistério-bufo*, sob a direção de V. E. Meyerhold e com cenários de Kasimir Maliévitch, fundador do Suprematismo e um dos expoentes da pintura moderna russa. A obra provoca forte oposição nos meios teatrais. Os atores são reunidos por meio de anúncios em jornais, e o próprio Maiakóvski precisa desempenhar três papéis. O espetáculo é suspenso depois de apenas três sessões. Não obstante a divergência de concepções estéticas, Maiakóvski e o grupo cubofuturista encontram apoio no Comissário da Instrução Pública, A. V. Lunatchárski. Editam o jornal *Iskustvo Comúni* (A Arte da Comuna), órgão do Comissariado.

1919 Transfere-se para Moscou. Realiza muitas viagens, para conferências e leituras de poemas. Ingressa na ROSTA (sigla de Rossíiskoie Tielegráfnoie Aguentstvo — Agência Telegráfica Russa), onde redige versos para cartazes e frequentemente os desenha também.

1920 Atividade muito intensa na ROSTA. Acaba de escrever o poema "150.000.000" e publica-o anônimo, "para que cada um pudesse completá-lo e melhorar. Ninguém o fez, em compensação todos sabiam quem era o autor". Nas difíceis condições da Guerra Civil, Maiakóvski se considera um combatente, conforme se pode constatar pela sua obra da época. Reelabora o *Mistério-bufo*.

1921 Depois de vencer inúmeras dificuldades burocráticas, apresenta uma versão nova do *Mistério-bufo*, ainda sob a direção de Meyerhold, e que tem perto de cem representações.

---

[6] O internato para moças da nobreza onde se instalara o quartel-general dos bolcheviques.

A mesma peça é levada, em alemão, para os participantes do III Congresso do Komintern, realizado em Moscou. Maiakóvski passa a escrever no jornal *Izviéstia* (Notícias).

1922 Aparecem as últimas "vitrinas" da ROSTA. Maiakóvski organiza a editora MAF, que lançará as obras dos futuristas. Trabalha no poema "Quinta Internacional", que não será concluído. Viaja pelo Ocidente, visitando a Letônia, Berlim e Paris. Escreve a autobiografia "Eu mesmo".

1923 Organiza com os amigos futuristas a revista *LEF* (de "Liévi Front" — Frente de Esquerda), que, segundo a intenção declarada de Maiakóvski, deveria aliar arte revolucionária e luta pela transformação social. Na revista, colaboram Eisenstein, Pasternak, Dziga-Viértov, Isaac Bábel, Óssip Brik, Assiéiev, Ródtchenko e outros. Escreve o poema "A respeito disso", além de poemas didáticos, propaganda política e propaganda de produtos comerciais. Publica versos inspirados pela viagem ao Ocidente e um livro de impressões em prosa.

1924 Viaja intensamente pela Rússia: conferências, discussões, leitura de poemas. Escreve um dedicado ao jubileu de Púchkin. Termina o longo poema "Vladímir Ilitch Lênin". Faz uma viagem a Berlim e outra a Paris.

1925 Publica um livro de versos inspirados pela sua estada em Paris, além de trabalhos em prosa. Conclui o poema "O proletário voador". Inicia uma longa viagem ao exterior: pretende dar a volta ao mundo, mas, depois de seis meses, tendo estado sobretudo em França, Espanha, México e Estados Unidos, regressa apressadamente à pátria. Organiza o livro em prosa *Minha descoberta da América* e publica poemas inspirados pela viagem.

1926 Dedica-se intensamente à colaboração, em prosa e verso, na imprensa cotidiana. Intensifica também suas viagens pela União Soviética. "Continuo a tradição interrompida dos trovadores e menestréis." Escreve o ensaio "Como fazer versos?". Publica o poema "A Sierguéi Iessiênin". Escreve roteiros de cinema.

1927   Aparece o primeiro número da revista *Nóvi LEF* (Nova LEF). Outra viagem pela Europa: Berlim, Paris, Praga, Varsóvia. Escreve o poema "Bem!". Publica impressões de viagem (em prosa). Continua sua atividade de roteirista, mas os textos mais importantes não são aproveitados. O roteiro de "Esquece a lareira" daria origem à peça *O percevejo*.

1929   Estreia de *O percevejo*. Nova estada em Paris. Escreve *Os banhos*.

1930   Estreia de *Os banhos*. O poeta adere à RAPP (Associação Russa dos Escritores Proletários), num período de grandes polêmicas. Inaugura-se a exposição "Vinte anos de atividade de Maiakóvski", o que suscita novos debates e ataques ao poeta, enquanto outros preferem simplesmente silenciar sobre a exposição. Maiakóvski e seus amigos ficam evidentemente chocados com a ausência, na inauguração, de representantes das agremiações literárias e da imprensa. Numa discussão pública, que tem lugar no auditório do Instituto Plekhânov de Economia Popular, sofre ataques de estudantes, que repetem as velhas acusações: "incompreensível para as massas", "usa palavras indecentes" etc. Maiakóvski replica: "Quando eu morrer, vocês vão ler meus versos com lágrimas de enternecimento". Na ata da sessão consta: "Alguns riem".[7] A fase de depressão que atravessa é agravada por sucessivas afecções da garganta, particularmente penosas para quem procurava sempre falar em público, e cuja poesia está marcada pela oralidade. Termina o poema "A plenos pulmões". Suicida-se com um tiro em 14 de abril.

---

[7] Há uma narração desses fatos baseada na própria ata da sessão, feita pelo secretário desta, V. I. Slavínski, e incluída no livro de reminiscências sobre Maiakóvski, já citado. O poeta Nikolai Assiéiev recorda-os também no livro *Zatchém i komu nujná poésia* (Para quê e para quem a poesia é necessária), Moscou, Soviétski Pissátiel (Editora Escritor Soviético), 1961.

SOBRE LUÍS ANTONIO MARTINEZ CORRÊA

Luís Antonio Martinez Corrêa nasceu em Araraquara, interior de São Paulo, em 1950. Foi ator, diretor, dramaturgo, cenógrafo e tradutor, além de pesquisador de música, a qual serviria de matéria-prima para muitos de seus espetáculos. Estreou profissionalmente, em 1972, como ator e assistente de direção de seu irmão José Celso Martinez Corrêa, no Teatro Oficina, em São Paulo. No mesmo ano ganhou o Prêmio Revelação da Associação Paulista dos Críticos de Arte (APCA) por sua primeira direção, *O casamento do pequeno burguês*, de Bertolt Brecht, montagem que foi encenada em vários países da Europa.

Em 1978, já morando no Rio de Janeiro, dirigiu *A ópera do malandro*, de Chico Buarque, com Marieta Severo, Elba Ramalho, Maria Alice Vergueiro, Ary Fontoura e Otávio Augusto no elenco. *O percevejo*, sua montagem seguinte, foi resultado de um longo processo de criação coletiva. Luís Antonio traduziu a peça e depois elaborou o roteiro com um grupo de colaboradores que incluía os irmãos Guel e Maurício Arraes. As músicas foram compostas por Caetano Veloso e os cenários concebidos por Hélio Eichbauer. A peça participou de festivais internacionais na França e rendeu a Luís Antonio o prêmio Mambembe de melhor diretor, em 1981. Em 1984, concebeu e encenou *Theatro Musical Brazileiro Parte I (1860--1914)*, resultado de uma longa pesquisa sobre o teatro de revista em parceria com o pianista Marshall Netherland e a atriz Annabel Albernaz. Ganhou novamente o troféu Mambembe de melhor direção no ano seguinte. A *Parte II (1914-1945)* estreou em 1986 e recebeu, além de mais um Mambembe, o prêmio Molière de 1987. Luís Antonio deu aulas na UNIRIO e na CAL entre 1983 e 1986, onde encenou algumas peças de caráter mais experimental. Sua carreira estava em plena ascensão quando foi assassinado, em dezembro de 1987, aos 37 anos de idade.

A presente versão de *O percevejo* foi uma das ganhadoras do Prêmio Paulo Rónai de Tradução concedido pela Fundação Biblioteca Nacional em 2009.

SOBRE BORIS SCHNAIDERMAN

Boris Schnaiderman nasceu em Úman, na Ucrânia, em 1917. Em 1925, aos oito anos de idade, veio com os pais para o Brasil, formando-se posteriormente na Escola Nacional de Agronomia do Rio de Janeiro. Naturalizou-se brasileiro nos anos 1940, tendo sido convocado a lutar na Segunda Guerra Mundial como sargento de artilharia da Força Expedicionária Brasileira — experiência que seria registrada em seu livro de ficção *Guerra em surdina* (escrito no calor da hora, mas finalizado somente em 1964) e no relato autobiográfico *Caderno italiano* (Perspectiva, 2015). Começou a publicar traduções de autores russos em 1944 e a colaborar na imprensa brasileira a partir de 1957. Mesmo sem ter feito formalmente um curso de Letras, foi escolhido para iniciar o curso de Língua e Literatura Russa da Universidade de São Paulo em 1960, instituição onde permaneceu até sua aposentadoria, em 1979, e na qual recebeu o título de Professor Emérito, em 2001.

É considerado um dos maiores tradutores do russo em nossa língua, tanto por suas versões de Dostoiévski — publicadas originalmente nas *Obras completas* do autor lançadas pela José Olympio nos anos 1940, 50 e 60 —, Tolstói, Tchekhov, Púchkin, Górki e outros, quanto pelas traduções de poesia realizadas em parceria com Augusto e Haroldo de Campos (*Maiakóvski: poemas*, 1967, *Poesia russa moderna*, 1968) e Nelson Ascher (*A dama de espadas: prosa e poesia*, de Púchkin, 1999, Prêmio Jabuti de tradução). Publicou também diversos livros de ensaios: *A poética de Maiakóvski através de sua prosa* (Perspectiva, 1971, originalmente sua tese de doutoramento), *Projeções: Rússia/Brasil/Itália* (Perspectiva, 1978), *Dostoiévski prosa poesia* (Perspectiva, 1982, Prêmio Jabuti de ensaio), *Turbilhão e semente: ensaios sobre Dostoiévski e Bakhtin* (Duas Cidades, 1983), *Tolstói: antiarte e rebeldia* (Brasiliense, 1983), *Os escombros e o mito: a cultura e o fim da União Soviética* (Companhia das Letras, 1997) e *Tradução, ato desmedido* (Perspectiva, 2011). Recebeu em 2003 o Prêmio de Tradução da Academia Brasileira de Letras, concedido então pela primeira vez, e em 2007 foi agraciado pelo governo da Rússia com a Medalha Púchkin, em reconhecimento por sua contribuição na divulgação da cultura russa no exterior.

Faleceu em São Paulo, em 2016, aos 99 anos de idade.

Este livro foi composto em Sabon, pela Bracher & Malta, com CTP da New Print e impressão da Graphium em papel Pólen Natural 80 g/m² da Cia. Suzano de Papel e Celulose para a Editora 34, em agosto de 2022.